Withering-by-Sea

ステラ・モンゴメリーの冒険 ❶

海辺の町の怪事件

ジュディス・ロッセル 作

日当陽子 訳

評論社

WITHERING-BY-SEA
A STELLA MONTGOMERY INTRIGUE ONE
by Judith Rossell

First published in English in Sydney, Australia by
HarperCollins Publishers Australia Pty Limited in 2014.
This Japanese language edition is published by arrangement
with HarperCollins Publishers Australia Pty Limited
through Japan UNI Agency, Inc., Tokyo.

装丁／内海 由

ステラ・モンゴメリーの冒険(ぼうけん)1　海辺の町の怪事件(かいじけん)

1

地図帳

　ここはマジェスティック・ホテルの温室。ステラ・モンゴメリーは噴水のそばのシダのかげで、コケの生えたタイルの上に寝そべり、小さなしめった地図帳上のアマゾン・ジャングルを指でたどっていた。何かザラザラしたもの――たぶん、白カビ――をさけて、さらに指を動かす。温室の床にある鉄格子の下で水がたれる音や、管を通る蒸気の音が、ジャングルで風にざわめく木やオウムのかん高い鳴き声とまじるような気がする。地図帳についた水滴をぬぐって読みつづける。

――木の上にはたくさんの見たこともない、すばらしいランが咲いている――

　ジャングルには危険が満ちている――吸血コウモリ、地震、毒をぬった吹き矢を持った土着民たち。

――十二メートルもあるヘビは、ウサギ、ヤギ、シカなどの動物を飲みこむことができる――

　ステラはヘビの絵を見つめた。おなかをすかせた顔をしているからゾウだって飲みこめそうだ。人間――たとえばおばさん

――だって手にキスするくらいかんたんに、飲みこめるだろう。ものすごくおなかをすかせていそうだから、三人のおばさんを飲みこめるかもしれない。アマゾンのジャングルに住んでいる人たちは、おばさんたちにわずらわされることはないだろう。

――えものを飲みこんだあと、ヘビは数週間、ずっと横たわっている――

ステラは、三人のおばさんというごちそうを食べおえた巨大なヘビが眠っているところを想像した。まずはじめにコンドレンスおばさん、メイン料理はテンペランスおばさん、デザートはディリヴァランスおばさんだ。眠っているヘビのおなかには、大きな三つのふくらみがあるだろう。

ステラはしっけいしてきたリンゴの二つ目にかじりついた。小さくて、青くて、かたくて、すっぱかった。顔をしかめながら食べ、アンデスの銀鉱山へ向かって指を進める。サルの鳴き声、やぶの中にひそむジャガー、頭上を飛ぶオオハシを想像する。

噴水のそばの鉄格子をふむ足音が聞こえた。ビクッとして、アマゾンから現実の危険に引きもどされた。今、この瞬間、上の階にあるおばさんたちのパーラー（居間）で『若いレディのためのフランス語会話』のレッスンを受け

ていなければならないのだ。それなのに、禁止されていることのうち少なくとも四つのことをしている。

地図帳に人さし指をのせたまま、シダのすきまから、入ってきた人を見ようとしたが、たれさがった緑の葉しか見えない。

昼近くの温室には、ふだんは人がいない。ホテルの使用人は、キッチンやバスハウス（ホテルの温浴施設）の仕事でいそがしい。三人のおばさんをふくめた宿泊客たちは、バスハウスにいるか、体をくるまれて車いすに乗って横長のサンルームで、にごった水を飲んでいるはずだ。ステラは一度その水を飲んだことがある。においと同じ、さびた釘とくさった卵を泥水で煮たような味がした。ホテルの下に古くからある泉からわき出したものだ。その水のせいでこのホテルは有名なのだ。その水を飲むために国じゅうから人が集まってくる。信じがたいことだが、本当のことだ。

入ってきたのがおばさんではなかったので、ほっとして静かに息をはいた。年老いた外国の紳士、フィルバート氏だった。新しい宿泊客で、ホテルに来てまだ数日しかたっていない。

ステラはフィルバート氏が好きだった。小柄で弱々しくて、ほとんど存在感がない。風で音をたてる葉のようなささやき声で、とても古風なふるまい方をする。毎朝、フィルバート氏は朝食の会場でステラにおじぎをする。目は知性にかがやいているが、はだは緑色といっていいくらい青白くて、顔の骨にうすくついているように見える。ほかの宿泊客同様、ぐあいが悪そうだ。けれど毎日あの水を飲んでいるから、効果が出ているのかもしれない。

フィルバート氏は最初の昼食のときにみんなをおどろかせた。マトンのゼリー寄せをことわり、野菜をくれといったのだ。それから小さな革の袋をあけ、ふるえる手で、ゆでたほうれん草に茶色の粉をひとつまみふりかけた。食堂に土のようなにおいが広がり、宿泊客たちは眉をひそめた。

カラザーズ将軍は軍人らしく鼻を鳴らし、デザートを食べないで食堂から出ていった。そのあと、将軍は冷たい風がふいているにもかかわらず庭を歩きまわり、冬の花壇に向かってどなっていた。外国人はいつも将軍のきげんを悪くする。ずっと外国と戦ってきたからだろう。

今、フィルバート氏は不安そうに見える。ステラはそっとシダの後ろにかがんだ。フィルバート氏は小枝のような指をまげている。おずおずと、ステラの後ろの方にある大きな中国のつぼに向かった。つぼには、羽のように葉を広げてたれさがるシダが植えられている。フィルバート氏はシダの根もとをかきわけて、手で土をほった。それから後ろをうかがい、コートのポケットから小さな包みを取り出した。しばらくその包みをにぎりしめていたが、シダの根もとにつっこみ、土をかけ、シダをもとのようにした。それから噴水で手を洗い、ハンカチで手をふきながらそそくさと行ってしまった。

足音が聞こえなくなると、ステラは自分が息を止めていたことに気づき、はきだした。しばらく待ち、足音をしのばせてつぼに向かう。とても背の高いつぼだ。ステラはシダの根もとをかきわけ、つま先立ちして、土をさぐる。どうして、あんなに不安そうにしていたのだろう？　フィルバート氏にもおばさんがいるのかもしれない、と同情した。

だが、包みを見つける前にドアノブが音をたて、タイルの床を足早に歩く音が聞こえたのであわててつぼからはなれた。フィルバート氏がもどってきたのかと思ってふりむくと、ディリヴァランスおばさんのメイドのエイダだった。うんざりしたように、にらんでいる。

「ここにいらしたんですね、おじょうさん」

エイダは早足で噴水を通り過ぎると、手を腰にあて、くちびるをぎゅっと結んで、こわい顔をして立ち止まった。

「どっかにかくれてると思いましたよ。いつでもかくれるんだから。昼食のときはどこにいらっしゃったんです？」

「昼食？」

ステラはどれだけの時間、自分がアマゾンの中で過ごしていたのか気づかなかった。昼食をのがしてしまった。おばさんたちは、カンカンだろう。

「いつだってかくれんぼの相手をしなきゃいけないんだから。いらっしゃい」

エイダはステラの手をぎゅっとにぎった。

「まあ、そのかっこうったら。しみだらけじゃないですか。みんなの仕事をふやして」

エイダはステラのエプロンドレスについた緑色の線をイライラと指さした。ステラの手をつかんだまま、早足で進むので、ステラは小走りにならなければならなかった。

「自分で歩けるわ」

だれもいないモーニングルーム（午前中だけに用いるぜいたくな居間）の中ほどまで行ったとき、ステラはいった。

「おだまりなさい。おじょうさんは二人分手間がかかりますよ」

横長のサンルームにふりそそぐ午後の日ざしが、床や、籐椅子にすわって水を飲んでいる宿泊客に色のついた影をなげかけている。ステラは目をしばたいた。頭上では蒸気を通す管がシュー、カタン、という音を出している。波風呂や蒸気風呂から移動してきた宿泊客たちの体から湯気があがっている。全身浴をしてきた宿泊客のはだはつやつやしたピンク色で、氷風呂から来た人たちはふるえて、あえいでいる。

エイダとステラがサンルームに入っていくと、小声で文句をいう声が聞こえた。老婦人たちは口をへの字にし、フォーブス大佐が舌を鳴らすと、飼っている年寄りのコンゴウインコのウェリントンがまねをした。レディ・クロッティントンは、前を通ったステラがまるで病原菌かのように、いすの下にさっと足をかくした。レディ・クロッティントンの飼い犬、性格の悪い小型犬のオズワルド卿が小さなテーブルの下からかけだしてきて、ステラの足首にかみつこうとした。オズワルド卿は関節炎があるのに、イタチのようにすばやかった。けれど、エイダがさっとはらいのけたので、オズワルド卿のセイウチの牙を使った入れ歯は、空を切った。

玄関ホールには、新しい宿泊客が到着していた。背の高い男と、やせた青白い顔の少年だ。男は黒い服を着ていた。面長の黄色っぽい顔に、緑色がかったレンズのめがねをかけている。男はステラたちを見たが、エイダはその前をさっさと通り過ぎた。男はずっと目で追ってくる。

ステラたちはエレベーターまで行ったが、エレベーター係のジェイムズは新しい宿泊客の世話でいそがしそうだった。エイダはきつい声で小言をいいながら、裏のらせん階段をのぼっていく。

せまいステラの部屋についても、エイダはまだ文句を

いっていた。ステラのぬれたエプロンドレスをぬがせ、ぱりっとしたせいけつなものに着がえさせると、腹立たし気にひもを結んだ。

「動かないでくださいよ、おじょうさん」

エイダはステラの、うす茶色の細い髪にブラシをあてた。

「ごめんなさい、エイダ」

ステラは鼻をすする。

「わかりましたよ」

エイダはステラの髪の毛を新しいリボンで結び、気まずそうに頭をなでた。

「長靴下を取りかえて、室内ばきをはいて、手と顔も洗ってくださいね」

それから、何が自分のためになるかわかっているなら、それにしんけんに取り組めばいいのに、といった。

ステラは、アマゾンのジャングルでおばさんたちを飲みこんで眠る巨大なヘビのことを考えた。それを考えると元気が出るはずだったが、出なかった。アマゾンのジャングルはうんと遠い地球の反対側だ。ここはマジェスティック・ホテルで、巨大なヘビはいない。

ここでは何も起こらない。

2
三人のおばさん

マジェスティック・ホテルは崖の上にあり、ウイザリング・バイ・シーの町を見おろしている。大きな白い建物で、塔、小塔、うずまき模様、円柱、煙突、バルコニー、それに曲線をえがく金属の装飾があちこちについていて、巨大なウェディングケーキのようだ。

長期滞在客であるおばさんたちは、一番いい四階の部屋に泊まっている。窓からは海、灯台、町の向こうに広がる沼地が見える。ピアノがおかれたパーラー、客間、大きな寝室が二つ、お風呂もついている。ステラの部屋は、本来は化粧室なのでせまい。そこに行くにはコンドレンスおばさんとテンペランスおばさんが二人で使っている寝室を通らなければならない。エイダは、パーラーの反対側にある、ディリヴァランスおばさんの寝室の小さな化粧室で眠る。

ディリヴァランスおばさんは車いすの生活で、たいていバスハウスで治療を受けている。ステラが会うのは食事のときと、ザ・フロントとよばれる海岸沿いの道を散歩するときだけだが、

それだけでもうんざりだ。コンドレンスおばさんとテンペランスおばさんには、レッスンのときに会う。（ピアノ、立ち居ふるまい、お裁縫、フランス語、どれも大きらいだ。）

テンペランスおばさんにひどくしかられた三十分後、ステラはパーラーのテーブルの前に体をかたくしてすわり、お茶の時間に司教の奥さんに話すフランス語をおぼえるのに四苦八苦していた。

――三時十分前です。いやな天気じゃありませんか？　お元気そうで、うれしいです――

とつぜん地図帳のことを思い出した。ビスケットの缶に入れてシダの下にかくすかわりに、通路のまんなかに開いたままおいてきてしまった。温室に入った人がふみつけるかもしれない。思わず「あっ」と声に出したので、刺繍をしていたテンペランスおばさんが顔をあげた。

「静かになさい！」

ステラはまた『若いレディのためのフランス語会話』に目を落とした。

――このじゅうたんの模様はとても下品ですね――

くちびるをかみしめ、どうするか考えた。あの地図帳は、アフリカ探検家フロビシャー博士のものだった。ジャングル熱、眠り病、壊血病、マラリアにかかって、このホテルに数か月滞在したのだ。博士が亡くなったあと、部屋は硫黄を燃やして消毒された。ステラは少しこげた地図帳をごみ捨て場で見つけたのだ。手紙の束や、こわれた色つきガラスのビーズや、ディリヴァランスおばさんだったらとても下品だというであろう、木彫りの像といっしょに捨てられていた。ステラはその地図帳をかくしておいたのだ。その、ステラにとっては一番の宝物が、だれかに見つかってしまうかもしれない。

『若いレディのためのフランス語会話』から顔をあげずに、そっと目だけ動かす。テンペランスおばさんは窓のそばに、骨ばった体をまっすぐのばしてすわり、いすカバーに完ぺきなスミレの刺繡をほどこしている。いつもなみだぐんだ目をしていて、片目は刺繡を見つめ、片目は落ちつきなく部屋のあちこちを見ている。まるでエッグカップの中をころがるビー玉のようで、すきがない。

ステラはため息をついて、本に目をもどした。

――この雨はやみそうにありませんね。あなたはとても親切です。ケーキはいかがですか――

午後の時間はのろのろと過ぎていった。

マントルピース（暖炉の飾り棚）におかれた時計が時をきざみ、ときどき、窓の外を飛ぶカモメが鳴き声をあげる。

テンペランスおばさんがいった。

「足をゆらしてはいけません」

それから二十分後、

「前かがみにならないで。背中をのばしなさい」

ステラは集中しようと教科書を見つめる。

——沼からあがる霧は体に悪いです——

けれど、どうしても三階下の温室で開いたままの地図帳のことを考えてしまう。

時間がたつのがおそい。やっとお茶の時間になり、ディリヴァランスおばさんが女王さまのようにパーラーに入ってきた。籐製の車いすに乗った、まるで巨大なゆでたプディングのようだ。エイダが車いすをおし、コンドレンスおばさんが後ろから重そうに歩いてくる。コンドレンスおばさんはとても背が低くて、とても横幅がある。ばねとクジラの骨でできた特別製のコルセットをつけているので、体を動かすとギシギシ、ビュン、と音をたてる。

銀のお盆にお茶をのせた二人のメイドも入ってきた。ケーキスタンドにはバターをぬったうすいパンを小さな三角形に切ったもの、ココナッツマカロン、シードケーキ（キャラウェイシードを入れたケーキ）がのっている。コンドレンスおばさんがお茶をそそぎ、エイダがカップをまわし、ディリヴァランスおばさんがたずねる。

「この子は従順で勤勉でしたか？　午前中のぞっとするようなふるまいのあと？」

おばさんの黒い目が非難するようにステラにそそがれる。

「まああでした、お姉さま」

テンペランスおばさんが答えた。

「まったくおどろくようなふるまいでした」

コンドレンスおばさんがいう。特別製(とくべつせい)のコルセットがすごい音をたてる。

「いつでも、コソコソとかくれているのですから、はじさらしです、かたわれだけだとしても――」

「おだまりなさい！」

ディリヴァランスおばさんがこわい顔をしたので、コンドレンスおばさんは口をつぐんだ。

なんのかたわれだろう、とステラは思った。

ディリヴァランスおばさんはコンドレンスおばさんを、それからステラをにらむと、お茶をひと口飲んだ。

「さあ、レッスンの成果を聞きましょうか？　教科書を持っていらっしゃい。また白昼夢(はくちゅうむ)を見ていなかったでしょうね」

気持ちが落ちこむ。ステラはほとんど地図帳のことばかり考えていたことに気づいた。おばさんを食べる巨大(きょだい)なヘビや、アマゾンのジャングルで待ち受けているさまざまな危険(きけん)のことばかりを。

それから、よだれが出そうな目でケーキスタンドを見た。朝食のあと、小さな青リンゴを二つ食べただけなので、おなかがペコペコだ。

　フランス語の会話を思い出すのはとてもむずかしかった。言葉が頭の中でからまっているような気がする。背中にまわした指で十字をつくり（成功を祈るおまじない）、深呼吸して、めちゃくちゃなフランス語を話しはじめた。

「ひどい健康のあなたにお会いできてうれしいです、ディリヴァランスおばさん。あなたはとても下品です。じゅうたんをいかがですか」


　ステラはしかられて、暗い中、ねまきを着て、ベッドにうつぶせになっていた。おばさんたちが夕食におりていく音が聞こえる。数時間眠って、ギシギシ、ビュン、うっ、という音で目がさめた。コンドレンスおばさんがコルセットをゆるめるのをテンペランスおばさんが手伝っているのだ。それからひそひそ声、コツコツ、カチッという音、ベッドのスプリングがきしむ音がして、やがていびきが聞こえはじめた。テンペランスおばさんのヒューといういびき、コンドレンスおばさんのブーといういびき、遠くからとどろいてくるのはパーラーの向こう側の部屋で寝ているディリヴァランスおばさんのいびきだ。

ステラはみじめな気持ちで、ため息をついて、あおむけになった。昼食ぬき、お茶ぬき、夕食ぬきだった。おなかが鳴った。起きあがり、そっとドアノブをまわしてみる。鍵がかかっている。厚いカーテンをあけ、窓をおしあげて外を見た。星は出ていないが、ザ・フロントに沿ってガス灯がともっているし、桟橋からかすかに音楽が聞こえてくる。ステラは窓台によりかかって、冷たい空気をすいこみ、温室においてある地図帳のことを考えた。朝になったら、シダに水やりに行った庭師が見つけるだろう。そうしたら、ステラの大切な地図帳はおしまいだ。本は『若いレディのためのフランス語会話』だけになってしまう。

　窓の外は三十センチぐらいの平らな出っぱりになっていて、テンペランスおばさんとコンドレンスおばさんの部屋の外まで続いている。テンペランスおばさんは夜の新鮮な空気は体にいいと思っているので、おばさんたちの部屋の窓はあいている。ステラは出っぱりに人さし指でふれた。ところどころコケや鳥のふんがあるが、すべりやすくはない。小道を歩くのと変わらないだろう。かんたんそうだとずっと思っていた。下を見なければいいのだ。おばさんたちの部屋の窓まで数歩だ。やるのなら、おばさんたちがぐっすり眠っている今だ。

　ステラは窓を上までおしあげて、体を乗り出した。いくつかの窓にともっている明かりが、三階下のほそうされた中庭をてらしている。だれもいない。がんじょうそうなライオンの石像が見える。ステラはつばを飲みこんだ。

地図帳のことだけを考えることにする。

——危険なヒマラヤ山脈では、足もとのしっかりしたヤクがとても高い岩山を歩く——

ステラはつま先立ちし、窓台に片ひざをついて、窓の外に出る。窓枠をしっかりつかみ、出っぱりに乗り、部屋をふりかえる。体の中のふるえる感覚を無視しようとした。

「小道と同じよ」

ステラはつぶやくと、立ちあがった。出っぱりは思ったよりせまかったが、はだしの足の下はザラザラしているので、すべりにくい。窓の横には女性の頭の石像があった。何もない空間が広がっていることを思うとめまいがしそうになったが、それは考えないことにした。石像の鼻をつかむ。壁を見ながら、カニのように横向きに進む。石像の向こうには、カールした花びらの石の花があった。その花をつかみ、ソロソロと移動していく。

おばさんたちの部屋の窓の前にも女性の頭の石像があった。かすかにほほえんでいるように見える。さらに二歩進み、片手で石像のあごをつかみ、片手でおばさんたちの部屋の窓枠をつかんだ。それから、ゆっくり腰をおろすと、足をおばさんたちの部屋に入れた。足でさぐって、窓の横にある、刺繍をした背もたれのないソファのはしを探す。しっかり両足をのせて体をおろす。やわらかい音をたててソファの上におり、ふるえながら、そっと息をもらした。

おばさんは二人ともいびきをかいている。片方のベッドに寝ているテンペランスおばさんの背の高い骨ばった体と、もう一方のベッドに寝ているコンドレンスおばさんのカバのような体が黒くもりあがっているのが見える。ステラはベッドの間をぬき足さし足でドアに向かう。通り過ぎるとき、コンドレンスおばさんがブタのような音をたて、寝がえりを打った。ドキッとして思わず小さな声をもらし、口を両手でおおう。けれど、コンドレンスおばさんは、動きを止めて鼻をすすると、ブーというういびきをかきはじめた。ステラはそっと部屋を横切り、ドアをあけ、ネコのように静かにパーラーに体をすべりこませた。

3

真夜中の温室

夜のマジェスティック・ホテルは、昼間とまったくちがった。ガス灯の明かりがしぼってあるせいで、入り口やすみが暗がりになっている。階段に、だれかわからない声や音がこだまする。ステラは足音をしのばせて廊下を進み、裏のらせん階段をおりはじめた。最初の踊り場でこおりついた。下にメイドが二人いる。一人はステラに背を向けて階段にすわり、手すりによりかかっている。もう一人は、足をあげて木のいすにすわっている。ステラは身をひそめて、そっとのぞいた。二人とも眠っている。起こさずに通り過ぎられるだろうか？　できそうにない。ステラは階段をのぼり、だれもいない廊下を表階段に向かった。

大きな丸いランプや、天井からぶらさがった巨大なシャンデリアでガスがシュッと音をたて、その明るさにステラは目をしばたいた。体を乗り出して三階下を見る。玄関ホールの大理石の床や、夜勤の支配人であるブレンキンソップ氏の髪の毛のない頭が見える。ブレンキンソップ氏もフロントデスクにつっぷして眠っているようだ。

ブレンキンソップ氏が見あげたときにそなえて壁にへばりつきながら、足音をしのばせて階段を二続きおりた。しいてあるじゅうたんはやわらかくて、足音を吸収してくれる。踊り場の大理石は冷たくてなめらかだった。――このじゅうたんの模様はとても下品です――を思い出し、ステラは笑いをかみ殺して、横の廊下から、図書室にすべりこんだ。

図書室はあちこちに暗がりや、家具があった。ステラは背もたれの高いいすと、台にのった男性の頭の石膏像の間を静かに歩く。大きないびきが聞こえたのでギョッとした。いすをのぞきこむと、カラザーズ将軍だった。将軍は口を二回パクパクすると、またいびきをかきはじめた。ホテルの中の人はみな眠っているようだ。わたしをのぞいて、とステラは思った。

将軍の横のゾウの形をしたテーブルの上には、ブランデーのグラスと四角いビスケットが三枚のった小さな皿があった。ステラのおなかは、腹ぺこジャガーのようにうなった。

しのび足で図書室の奥にある小さなドアから出て、せまい階段をおり、暗いサンルームまで行った。聞こえる音は、しっけいしてきた将軍のビスケットをかじる音（この音が頭の中にひびきわたる。将軍のビスケットはスコットランドから船で運ばれてきたもので、とてもかたいのだ）と、おさえたステラの足音、それにときどき蒸気の管から聞こえるシュッ、カタンという音だけだ。

サンルームの中で、ステラは籐いすと真鍮の鉢に植えられたハランの間を縫うように進む。その先にあるモーニングルームはとても暗かった。ステラは静かにモーニングルームを通りぬけた。温室のドアをあけ、すべりこむ。シダは、白いタイル貼りの通路の両側に土手のように黒いかげをつくっている。床の鉄格子の下で水がしたたり、蒸気がシュッと音をたてる。ステラはしのび足で、止まっている噴水を通りこし、シダの後ろにある通路を進む。地図帳はステラがおいた場所にあった。ほっとしてひろいあげ、だきしめる。いつもよりしめっていて、コケのにおいがするが、ぶじだった。

午前中のフィルバート氏の奇妙な行動を思い出した。小さな包みを中国のつぼにかくしていた。あれは、まだあるだろうか？　中国のつぼのところに行き、シダの根もとをかきわけ、つま先立ちして、手をのばす。土に手をつっこみ、シダの根の間にある包みにふれたので、引っぱり出した。小さな包みだ。片手でかるがると持てる。暗くてよく見えないが、油布で包んでひもで結んであるような手ざわりだ。いったいなんだろう？

包みをもとの場所にもどそうとしたとき、近くで、ガタンという音がしたので、ステラはこおりついた。ドキドキする。続いて足音と大きな声が聞こえた。地図帳とフィルバート氏の包みを持

ってそっと温室のドアまで行き、少しだけあけて、すきまからのぞいてみた。モーニンググルームの向こうはしにあるドアには色ガラスの窓がついていて、赤と青の光がゆれている。

　ガタン。ドアがあき、大きな男がモーニンググルームに入ってきた。ロウソクを三本立てたロウソク立てを持っている。指が、ソーセージのようだ。男が横を向いたので、ステラは息を飲んだ。ブタのように鼻がつきでているのかと思ったが、男は鼻と口をおおうびょうのついた革の仮面をつけていたのだ。男は仮面をひたいまであげ、手で口をふき、つばをはいた。

「こいつはブタ小屋のような味じゃないか、スカトラー」

「静かにしな、チャーリー」

　同じような仮面をつけた小柄な男が、しのび足で入ってきた。仮面のせいで声がくぐもり、目をキョロキョロさせている。うす茶色のひげを生やし、バラの模様のついた水色のチョッキを着ている。一番目の男が笑った。

「だいじょうぶだ、スカトラー。教授が〈栄光の手〉を持ってるからな」

　そういって、神経質そうに笑い、肩ごしに後ろを見た。

「あれはゾッとするぜ。こんなふうにみんなを眠らせちまうのは、プロの仕事のような気がしねえな。仮面をつけな。眠りたくないだろう」

　二番目の男がいうと、大きいほうの男は肩をすくめて、仮面で鼻と口をおおった。それからロウソク立てを低いテーブルにおき、いすを引っくりかえし、巨大な指でその下をさぐった。

「小さな物がどこかにかくされてる。そいつは、教授にとっては、金の鉱脈を見つけるようなもんだ」

仮面をつけていると、声がくぐもって金属的にひびく。

――泥棒だ。何かを探している……ステラはそっと温室のドアを閉めると、地図帳とフィルバート氏の包みをだきしめて大きなシダの後ろの暗がりにしゃがみこんだ。ガシャン、ドスンという音が近づいてくる。ドアノブが音をたてた。

二番目の男がドアをあける。

「チャーリー、大きな温室だぜ。ロウソク立てを持ってこい」

大きな男がひじでドアをおして入ってきた。ロウソクの炎がゆれ、明かりが、ぬれたシダや壁や天井のガラスに反射する。ステラは息を殺した。小柄な男の仮面の上の目がするどい。きっと見つかるだろう。一瞬、めまいがして、奇妙な感覚がした。まるで体が消えて、影の一部になるような感覚だ。頭がグルグルまわる。男の視線はステラを通りこした。男が後ろを向くと、ステラはそっと息をはきだした。わたしはいつでも、かくれんぼが上手だ。

「こりゃ、ジャングルそのものだぜ、チャーリー」

大きな男は、ロウソク立てを高くかかげて、あたりを見ながら、噴水に向かう。ロウソクの炎がゆれて大きくなり、男のぶかっこうなブタのような影がゆらめく。
小柄な男は、そわそわとあたりを見まわしてから、大きな男のあとに続く。二人はステラにふれるくらいそばを通っていった。噴水のまわりを歩いている。大きな男が鉢植えをけとばし、ガシャンと音がすると、二人は笑った。二人ともこちらに背を向けている。ステラはソロソロとはいだした。

そのとき、頭上で声がした。

「おまえたち」

大きな声ではなかったが、ステラはゾッとした。ふるえる手で口をおおい、ドキドキしながら、暗がりにかくれる。二人の男はすぐさま笑うのをやめ、通路をもどってきて「教授」とつぶやいた。

背の高い男がステラの目にとびこんできた。ロウソクのゆれる炎が不気味な影をうかびあがらせる。青白い手がヘビの頭の形をした杖を持っている。指にはめている指輪の黒い石がロウソクの明かりを受けて赤く光る。玄関ホールで見かけた新しい宿泊客だ。面長の黄色がかった顔、緑色のめがね、するどいまなざしをおぼえている。

仮面をつけた数人が、ロウソクを持って、温室に入ってきた。さらに、仮面をつけた二人の男が、だれかを引きずるようにつれてきた。けれど、ステラの注意を引いたのは教授とよばれた背の高い男だった。もの静かでおだやかに話すのに、とても威圧的なのだ。ステラは爪をてのひらにくいこませた。

教授が杖で合図すると、仮面の男たちは、引きずってきた人をドサッと床におろした。ロウソクの光がその人の顔にあたった。フィルバート氏だ。頭がだらりとして、あおむけに寝ている。目を閉じ、片耳からは血が流れ、シャツのえりに血のしみがついている。ベッドに入る前だったのだろうか、シャツとズボンだけを身につけて、室内ばきをはいている。

教授がいった。

「ここにいる友人は、わたしの望みどおりには友好的でないようだ。けれど、ここにわたしの持ち物がかくされていると聞いた」

教授は青白い、長い指を動かした。

「正確にはどこだ?」

教授はフィルバート氏を見おろす。

「手下たちに、この場所をずたずたに切りさかせることもできるのだが、見つかる保証はない。だが、もっとかんたんな方法がある」

フィルバート氏が弱々しく目をあけ、苦しそうに息をした。

「話すものか、わたしは……」

教授がさえぎる。

「そうだな、ドリュアス、おまえはいわないだろう。しかし、さっきいったように、かんたんな方法があるのだ」

教授がまた合図をすると、小さな影がロウソクの明かりの前におしだされた。玄関ホールで見た、やせた青白い顔をした少年だ。教授が手まねきすると、少年は首を横にふったが、二歩進み出た。

「いやです。お願いです」

と、小さな声でいう。

教授は仮面をつけた男の一人に杖をわたし、少年の肩に片手をのせて引きよせた。やさしい動きだが、少年は顔をしかめた。

「手を出しなさい」

教授は指輪をまわした。黒い石が、ロウソクの光を受けてかがやく。

少年は泣きそうな顔をして指輪を見つめる。もう一度首をふったが、命令にしたがって両手で水をすくうようなかっこうをした。指やてのひらに黒いしみがある。教授はコートのポケットから小さなインクのびんを出し、ふたを取ると、ふるえる少年の手にインクをそそいだ。またふたをして、びんをポケットにもどす。それから片手を、いやがる少年の頭にのせて、前にかたむける。少年は手のインクを見ざるをえなくなった。

「見なさい」

教授がいった。

少年のふるえが止まり、うつろな目をして、棒立ち（ぼうだ）になった。

「見ます」

少年はいった。

4

守ってくれ

少年は無表情な青白い顔で、手にそそがれたインクを見た。

「彼が見えるか？」

教授がきく。ロウソクの明かりがめがねにあたり、レンズが黄色くなった。

「彼が見えます」

よくようのない声だ。

「彼が何かかくしているのが見えるか？」

「彼が小さな物をかくしているのが見えます」

「どこかわかるか？」

「わかります」

教授が頭にのせていた手をどけると、少年は後ろ向きにたおれ、手からインクがこぼれた。少年は体をくの字にして、せきこんで、あえいでいる。

「教えなさい。どこにあるんだ？」

教授はくちびるをなめた。少年はインクのしみがついた手をふるわせながら、指さした。

「あの大きなつぼの中です」

教授は杖（つえ）を持ち、噴水（ふんすい）に向かって大またで歩く。仮面（かめん）をつけた男たちが、少年を引きずりながらついていく。男たちがはなれていくと、ステラはタイルの上に横たわっているフィルバート氏を見た。

おどろいて声をあげそうになった。フィルバート氏がステラを見つめていたのだ。弱々しく指をくちびるにあてる。

ステラはうなずいた。ドキドキする。持っていた包みを見せる。どうして持っているのか説明しようとしたが、フィルバート氏はすばやくささやいた。

「かくして。守ってくれ」

温室の奥（おく）から、どなり声とガシャンという大きな音が聞こえた。タイル貼（ば）りの通路の上で中国のつぼが割（わ）れている。仮面の男が二人、ひざまずいて割れたつぼの中を探（さが）している。

「行きなさい」

フィルバート氏がささやいた。ひじをついて体を起こす。

「さあ、行って。それをかくして。守ってくれ。約束してくれ」

ステラはうなずいた。

「約束するわ」

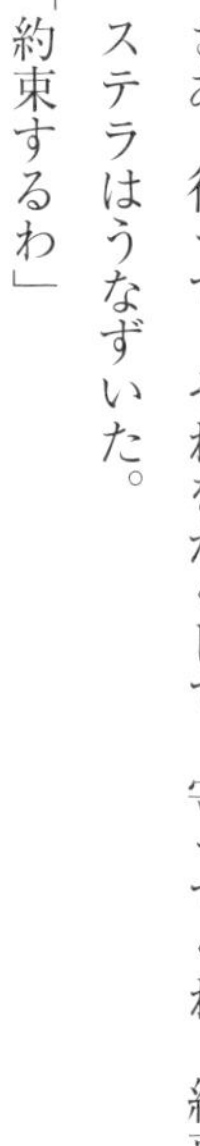

「わすれないで……」

フィルバート氏はさらに何かいおうとしたが、くずおれて、目を閉じてしまった。

ステラはかくれていた場所からはいだした。

つぼの中を探していた男の一人が教授を見あげた。肩をすくめて何かいうと、教授に杖で頭の横をたたかれて、たおれた。

ステラはかがんでフィルバート氏のほおにふれた。はだが木の皮のようにザラザラだ。フィルバート氏は動かない。男たちの一人が何かさけんだので、ステラは急いで立ちあがった。

「おい、あそこにガキがいる！」

ステラは逃げだした。

後ろからどなり声やガシャンという音が聞こえる。ステラは地図帳とフィルバート氏の包みをかかえながら、はだしの足で音をたてずにモーニングルームをかけぬけた。ひっくりかえったいすをよけ、サンルームにかけこむ。後ろから声が聞こえるし、ロウソクの明かりも見える。ステラは小さなドアから使用人用の通路へ入った。それから階段を一段ぬかしでかけあがる。

図書室のガス灯はうす暗く、空気がよどんでいるような気がする。将軍はいすの上でいびきをかいていた。

「カラザーズ将軍」

腕を引っぱると、ひじかけの横にだらりとたれた。ステラは将軍の手を持ってふる。

「将軍！」

おさえた声でよび、肩をたたく。

「将軍！　お願いだから、目をさまして。泥棒なの」

胸をこぶしでたたく。将軍はうなったが、またいびきをかきはじめた。

ステラは小さなテーブルからコップを取り、中に入っている液体を将軍の顔にかけた。将軍は眠りながら鼻を鳴らし、口をぎゅっと閉じた。ひげからブランデーがしたたり落ちる。

「将軍！」

ステラはしかたなく大きな声を出した。けれど、将軍は目をさまさない。

ガシャン。だれかがサンルームで家具をこわしているような音だ。大きな笑い声。ドアの閉まる音。階段をのぼる足音。どこにかくれたらいいのだろう？

音をたててドアが開いた。

ステラは将軍のいすの下にもぐりこむ。金属のばねが背中にくいこんで痛いが、そのまま足を折って体を丸めた。ほこりだらけのじゅうたんに顔がつく。くしゃみが出ないことを願った。

そばで、大きな声が聞こえた。

「おまえのかんちがいだろう、チャーリー。まぼろしを見たんだ。起きてるガキがいたら、教授が面食らうぜ」

二番目の声がいった。

「ガキだったんだよ、スカトラー。見まちがいじゃない」

「おまえ、首なしの猟犬を見たってさわいだことがあったよな？　沼地で枯れ木を切っていたときに。おれのきもったまを冷やしてくれやがって」

「犬が首をまげてたんだよ、スカトラー」

「首なし犬と、首をまげて体をかいてる犬では大ちがいだ、チャーリー」

「今度はほんとなんだ」

ステラは息を殺して、男たちが部屋を探す足音やギー、ドスンという音を聞いていた。上では将軍がいびきをかいている。男たちがいすの下をのぞかないことを願った。

一番目の声がいった。

「グースカ寝ているこいつと同じように、ガキはみんな寝てるはずだ。教授の〈栄光の手〉に火がともってるんだから」

「あれは不気味なしろものだな、スカトラー」

「ほんとにそうだな、チャーリー」

そのあとまた何かいったが、ステラには聞きとれなかった。大きなガシャンという音がしたので、ビクッと体を動かすと、いすのばねが背中にささった。

さらに、ガサゴソ、ドサッという音がし、一人がいった。

「ここにはガキはいねえぜ、チャーリー」

ドアノブが音をたて、ドアがあいて、足音が遠ざかっていった。ステラはそっと息をはいた。少し待っていすの下からはいだした。割れた石膏の柱をまたぎ、廊下をのぞく。だれもいない。男たちは行ってしまったようだ。ステラは図書室からぬけだし、しのび足で表階段に向かう。

大きな丸い照明がペカペカしてシュッと音をたてた。空気がロウのように重苦しい。だれもいない。ステラは手すりごしに下を見る。玄関ホールでブレンキンソップ氏がフロントデスクにつっぷして、ぐっすりと眠っている。ステラはしのび足で階段をおりた。

「ブレンキンソップ氏、起きて！　泥棒よ！」

ステラがささやき、腕を引っぱると、ブレンキンソップ氏はデスクからすべりおちて、横向きにいすにもたれかかった。頭を後ろにかたむけ、口をあけたが、目をさまさない。

「ブレンキンソップ氏！」

ステラはもう一度腕をふり、おなかのあたりを思い切りたたいた。ブレンキンソップ氏は眠りながら鼻を鳴らしたが、またいびきをかきはじめた。ステラはさけびだしたかった。どうして目をさまさないの？　ふつうの眠りかたじゃない。必死であたりを見まわす。

ドキンとして、胃がひっくりかえるような気がした。玄関ドアの内側にはいつも白鳥の形をした陶器の花びんがあり、花が生けてある。その花びんがこなごなに割れて、水の中に破片があり、床に花がちらばっている。花びんがあったテーブルに二歩近づいた。

手だ。銀の台に手首が上向きに立っている。黒くてねじれていて、長い角のような爪がついている。それぞれの指の先では青白い炎が燃えていた。細い、黒い煙がヘビのように、クネクネとあがっていく。

背中がゾクッとした。これが、泥棒たちがいっていた〈栄光の手〉だろう。とても不吉なひびきがあったが、たしかにゾッとする代物だ。これがみんなを眠らせているのだ。煙のせいにちがいない。あたりに濃い、眠気をさそうような煙が満ちている。

ステラは地図帳とフィルバート氏の包みをだきしめながら、用心深くそばによった。自分の心臓の音が聞こえる。

ロウソクの炎を強くふいたが、ゆれもしない。ロウソクを消すとき、指をなめて炎をつまむようにすると知っていたが、このおそろしい炎にさわることはできなかった。歯をくいしばり、地図帳で、〈栄光の手〉をテーブルからたたきおとすと、水たまりに落ちた。指はのたうち、五つの青白い炎がはじけ、シュッと音をたてた。

上の階からガシャンという音がして、声と足音が近づいてくる。見つかってしまう。

ステラは必死で、パチパチと音をたてる〈栄光の手〉をはだしの足でふみつけた。〈栄光の手〉はのたうちまわる。炎で足が焼け、おそろしい爪で引っかかれてヒリヒリする。ステラはさけび声をあげた。足もとの水たまりに向かって血がしみだし、赤いすじができた。

ひとつの炎がジュッと音をたてて消えた。

階段をおりる足音が聞こえる。

ステラは、もう一度炎をふみつけた。〈栄光の手〉はステラの足を引っかく。もうひとつ炎がジュッと音をたてて消えた。ステラは〈栄光の手〉をけとばし、かくれ場所を探した。玄関のドアの後ろに、彫刻がほどこされた大きなマホガニー製の傘立てがある。ステラは傘立てにもぐりこんで、散歩用の杖や傘のジャングルの後ろにしゃがみこんだ。ドキドキする。大きな黒い傘と黒檀の杖の間から、水たまりの中でバチバチと音をたてながら、のたうちまわる〈栄光の手〉が見える。残っている三つの炎がゆれながら水にうつっている。

仮面の男たちが、バスハウスや表階段から玄関ホールに集まってくる。

自分の血のまじったぬれた足跡が見えるので、ステラは胃がぎゅっとちぢまった。大理石の床の上で、矢印のようにまっすぐステラの居場所を示している。

5

〈栄光の手〉

ステラは仮面の男たちを見た。自分の心臓の音が聞こえる。すぐに男たちは足跡を見つけ、ここにいるのを見つけるだろう。ステラは地図帳とフィルバート氏の包みを持って、逃げる用意をした。

「何か聞こえたか?」

一人の男がいった。

「いや。はげ頭が寝てるだけだ」

「なんてこった!」

男は水たまりに落ちている〈栄光の手〉を指さした。

「おい、チャーリー。ひろえ。火が消えちまう」

「さわるのやだよ。おまえがひろえよ」

「とんでもない。あれはふつうの物じゃない」

「あそこに血がある」

「見ろ」

男の一人が足跡を指さした。

「小さな足跡だ。ガキのもんだ」

「あのへんにかくれているぜ」

二人が傘立てに近づいてくる。ステラが恐怖に体をかたくして身をかがめていると、二人は傘立ての前で左右にわかれた。

「ガキを見たっていっただろ！」

チャーリーは大きな手をこすりあわせた。

「何もしないから出てこい」

ほかの男たちが笑い、チャーリーは傘や杖の後ろに手をさしこむ。大きなソーセージのような指がステラの頭の上をまさぐり、ほおにふれた。ステラはその手にかみついた。あせと土の味がする。男はさけんで、手をひっこめた。

「杖で追い出すんだ、チャーリー」

ガタガタいう音がして、散歩用の杖が傘の後ろにつっこまれ、ステラのあばら骨にぶつかった。

「出てこい」

また、杖がぶつかり、ステラはさけび声をあげた。

「おまえたち、どうしたのだ？」

教授だ。ステラからは見えないが、静かな声に聞きおぼえがある。男たちは笑うのをやめた。

「ガキを見つけましたぜ。つまり、子どもってこってす、教授。ここにかくれてます」

象牙でできたオウムの頭の形をした傘の取っ手と革製の狩猟用の杖の間から教授の姿が見えた。少しはなれたサンルームの入り口で、片手をやせた青白い顔の少年の肩においている。

教授は水たまりに落ちている〈栄光の手〉を見つけた。

「すぐに水から出しなさい」

いかりで顔をこわばらせて命令した。

「すぐだ！　それは血か？　炎を消してしまう。急ぎなさい！」

仮面の男たちはしりごみした。さらに二つの炎がジュッと音をたてて消えた。教授はののしり声をあげ、大またでやって来て、〈栄光の手〉に手をのばした。教授がふれると、最後の炎が消えた。

教授は〈栄光の手〉をひろいあげた。

「子どもをつかまえなさい」

教授は〈栄光の手〉をテーブルに上向きにおき、ポケットからマッチを出した。マッチに火をつけ、ねじれた指のひとつに近づける。マッチの炎が消えた。教授は静かにののしり声をあげ、もう一度マッチをすった。

仮面の男たちは、傘立てから散歩用の杖や傘を引きぬいて床にほうりはじめた。けれど、もう空気は軽く、すみわたってきて、ホテルが目をさましはじめた。近くからとまどったような声が聞こえる。フロントデスクの前にいたブレンキンソップ氏がうめき声をあげ、せきをして、目をさましたのだ。キョトンとして、玄関ホールを見まわす。

「みなさん?」

ブレンキンソップ氏は手で顔をこすり、立ちあがった。

「何――何が起こっているのですか?」

教授は火をつけそこなった〈栄光の手〉をハンカチで包み、コートの内ポケットに入れた。低い、おこった声でいう。

「おまえたちのせいだぞ、この大ばか者たち。その子どもをすぐにつかまえなさい」

男たちが傘立てをゆらしはじめた。ステラをつかまえようとする手が入ってくる。ステラは身をかわした。一人の男がステラの腕を引っぱった。

そのとき、裏階段から髪の毛を乱したメイドがあらわれた。

「ブレンキンソップ氏、ブレンキンソップ氏!」

「なんだ? どうした?」

カラザーズ将軍が杖をふりながら、足音をたてて階段をおりてきた。

「泥棒だ! 強盗だ! 盗っ人だ! 追いかけろ!」

踊り場にさらに宿泊客や使用人たちが集まってきた。

「手おくれだ。逃げろ！」

教授がこわい顔でいった。仮面の男たちは教授からはなれて、かけだした。みんな玄関ドアから外の暗やみに逃げていく。それを追いかけようとするやせた少年の肩を、教授がガシリとつかんだ。

ホテルじゅうの人が目をさました。手すりの上から顔がたくさん出ている。ガウンにナイトキャップ姿の宿泊客や使用人たちが階段をおりてくる。フォーブス大佐が姿をあらわした。すばらしい口ひげは複雑なつくりのヘアネットで包まれている。

「泥棒だ！」

教授がさけんだ。

「ホテルに強盗団がいる！」

「しかし……」

ブレンキンソップ氏が困惑したようにいった。

「あなたは、やつらといっしょにいました……あなたは、何をして……？」

そのとき、一人のメイドが悲鳴をあげて、ドサッとたおれたので、みんながかけよった。レディ・クロッティントンの性格の悪い小型犬、オズワルド卿が階段をかけおりてきて、はげしくほえながらブレンキンソップ氏の足首をかんだ。ブレンキンソップ氏は悲鳴をあげる。布製のカーラーで髪の毛をまいたレディ・クロッティントンのメイドが、犬を引きはなそうとする。オズワルド卿はブレンキンソップ氏の足首をはなし、かわりにメイドの手にかみついた。メイドは悲鳴をあげる。カラザーズ将軍、フォーブス大佐、それに数人の男の使用人が玄関に立って、外の暗やみに向かってどなっている。

混乱の中で、気づかれないうちにステラは傘立てからはいだし、地図帳とフィルバート氏の包みを持って、大さわぎをしている人たちの後ろを、壁に沿って、できるだけ教授からはなれてしのび足で歩く。

教授がステラに気づいた。二人の目があった。教授が人をかきわけて、ステラの方に来る。

そのとき、フォーブス大佐のコンゴウインコのウェリントンがつんざくような声をあげ、おいぼれた羽をばたつかせて玄関ホールに飛んできた。二人の使用人がつかまえようとしたが、つかみそこねて頭をぶつけてしまった。気を失っていたメイドが目をさまし、さけび声をあげ、また気絶した。

ステラは、フロントデスクのまわりに集まって、おどろいたり、クスクス笑ったりしているメイドたちの間をかけぬける。ブレンキンソップ氏の腕をつかんで、早口でささやく。

「温室の中。フィルバート氏が助けが必要なの。けがをしている」

「温室?」

ブレンキンソップ氏は当惑しているようだ。ステラはうなずいて、くわしく説明しようとしたが、教授が近づいてくる。長い指がステラにのびた。が、つかみそこねた。

ブレンキンソップ氏が、

「お客さま、どうなさいました？」

とたずねると、教授は動きを止めた。

ステラは、またメイドたちにまぎれこみ、階段をかけあがる。宿泊客や使用人たちがかけまわっている。三階で、レディ・オグルヴィとおかかえのメイドが部屋から顔を出していた。レディ・オグルヴィはかつらと入れ歯をはずしてレースのナイトキャップをかぶっているので、まったく別人のようだ。

ステラは息を切らしながら、四階までかけあがった。
だれもついてこない。
最上階の四階はずっと静かで、下のさわぎがかすかに聞こえるくらいだ。廊下にはだれもいない。ステラは急いでおばさんたちのパーラーのドアに向かう。ドアに耳をつけてからあけ、しのびこみ、鍵をかけた。
おばさんたちは、まだ眠っていた。

テンペランスおばさんのヒューといういびき、コンドレンスおばさんのブーといういびき、ディリヴァランスおばさんの雷のようないびきが聞こえる。

パーラーからコンドレンスおばさんとテンペランスおばさんの部屋に入り、ベッドの間を足音をしのばせて歩く。自分の部屋の鍵穴に鍵がささっているのを見てほっとした。おそろしくて体がふるえているので、また窓の外の出っぱりをつたっていくのは無理だ。そっと自分の部屋に入り、ドアに鍵をかけ、ベッドにくずおれた。

数分間、耳をすませる。いびきしか聞こえない。何者もおばさんたちの眠りをさえぎることができなかった。だれも追いかけてこなかった。ステラは安全だ。

起きあがって、地図帳とフィルバート氏の包みをマットレスの下に入れ、できるだけ奥までおしこんだ。最高のかくし場所ではないが、今のところはこれでいいだろう。フィルバート氏にかえすまでの間だ。ステラは少し考え、ドアの鍵もマットレスの下に入れた。朝になってエイダがドアの鍵をあけようとして、見つからなかったら大さわぎになるだろう。でも、しかたない。

足を見ると、よごれているが血は止まったようだ。ステラは冷たいふとんにもぐりこんだ。まだ体がふるえている。足が痛いし、傷がある。あばら骨のところにあざがあり、とても疲れていた。体を丸めて、羽毛布団を頭までかぶる。

ふるえが止まって、眠りにつくまで、しばらく時間がかかった。

6

殺人事件

ステラは、ドアの外でささやく声を聞いて目をさました。おそろしい、火のついた黒い手の夢を見ていた。寝がえりを打って体を起こした。うすい灰色がかった朝の光が窓からさしこんでいる。まばたきして目をこすった。それからベッドからおり、しのび足でドアに行って、耳をつけた。エイダとホテルの使用人たちがおばさんたちの部屋にいる。

「死んだ?!」

「そんな!」

「横たわっていたんだって。冷たい塩漬けニシンのように、のびてたんだってさ!」

「なんてこと!」

ステラは手で口をおおった。死んだ?

だれが死んだのだろう?

ドアノブがガタガタと音をたてたので、ビクッとした。声が聞こえる。

「鍵はどこだろ?」

ステラはあわててマットレスの下から鍵を取り、静かにかけもどると、ドアの下にさしこんだ。

それから大急ぎでベッドにもどり、羽毛布団をあごまで引きあげ、目を閉じた。

またドアノブがガタガタした。

「ほかのドアの鍵を持ってきてくれない、ポリー？　みんな同じはずだから」

「そこにあるじゃない、エイダ」

メイドの一人がいった。

「落ちたんだ」

鍵穴に鍵がさしこまれ、エイダが入ってきた。

「おはようございます、おじょうさん」

ステラは目をあけてあくびをし、だませることを祈った。

「おはよう、エイダ」

ドアの外でメイドたちがささやいているのが聞こえる。

「人殺し！　泥棒？　警察？　どうなったの？」

「わかってるよ！」

ステラは、ひと晩じゅう眠っていて、何も知らないふりをすることにした。

「何が起こったの、エイダ？」

エイダはドアをしっかり閉め、カーテンをあけてかざりひもでとめた。

「心配いりませんよ、おじょうさん」

エイダは洋服ダンスをあけて、ステラの服を選ぶ。

「でも……」

「さあ、起きてください」

エイダは、スリップ、コルセット、長靴下、ペチコート、もう一枚のペチコート、灰色と青の縞柄のドレス、エプロンドレスをいすの背にかけた。

「急いでください。今朝は、あたしはいそがしいんですから」

若いメイドの一人、ポリーがお湯を入れた真鍮の缶を持って入ってきて、洗面台の上の水差しにお湯を入れると、頭をディリヴァランスおばさんの部屋の方に向けた。

「およびだよ、エイダ」

おばさんの部屋のよび鈴が鳴っている。エイダはステラの方をさしていった。

「おじょうさんを着がえさせてくれる、ポリー？　お願い。とてもいそがしいの」

そして、部屋を出ていきながら肩ごしにステラにいった。

「何が大事かわかってますね。ちゃんと洗ってくださいよ、おじょうさん」

ステラがベッドから出ると、ポリーがさけんだ。

「おじょうさん！　そのねまき！」

見おろすと、ねまきの前がよごれていて、すそに血がついている。足には泥がついている。

ポリーはステラの両腕をあげさせて、ねまきをぬがせ、かかげてみせた。

「こんなの、見たことがありませんよ。泥だらけ。いったい、何をなさっていたんですか？」

「べつに」

ポリーはクスクス笑った。

「エイダに報告しなきゃなりませんよ、おじょうさん」

「お願い、やめて、ポリー」

ステラは下着姿で、ふるえながらいった。けれど、ポリーがステラをこまらせることはないのは知っている。ポリーはやさしい。いつも笑顔で、ときどきステラに使用人ホールのうわさ話や、好きな雑誌で読んだスキャンダルや、沼地に水没した村のおとぎ話や、海のモンスターや人魚の話を教えてくれる。

ポリーはうなずいて、ねまきを丸めた。

「あたしはだいじょうぶですよ。おじょうさんをこまらせるようなことはいたしません。今朝はさわがしいから、だれもねまきのよごれに気がつかないでしょう。こっそり、洗濯物の山にまぎれこませておきます」

ポリーはじゅうたんに油布をしくと、化粧台からスポンジを取ってステラにわたした。ステラはスポンジを水にひたし、かがんで、足についた泥をこすりはじめた。

「なんのさわぎ、ポリー？」

「いっちゃいけないんです」

ポリーはまたクスクス笑いはじめた。

「教えてよ、ポリー」

ポリーはドアに目をやってから小声で話しはじめた。

「あのね、ゆうべ、ホテルに泥棒が入ったんです」

「ええっ！」

ステラはできるだけびっくりした声をあげた。

「そのあと、紳士の死体が見つかったんです！　それに、たくさんの物がこわされていて！」

「亡くなった？　だれが？」

「外国の紳士、フィルバート氏です。温室で亡くなっていたんです。まわりにあった鉢植えは全部こなごなに割られていて」

フィルバート氏が亡くなった！　ステラはスポンジを落とし、手を口にやった。

「だいじょうぶですか、おじょうさん？　顔が真っ青ですよ」

ステラは「だいじょうぶ」という自分の声を聞いた。手がスポンジをひろうのも見た。けれど、心の中は空っぽだった。フィルバート氏は生きていて、ステラと話をした。それなのに、今は死んでいる。

「おそろしいですね、おじょうさん。このホテルで、ですよ。今朝はその話でもちきりですよ。使用人の半分はヒステリーを起こしています」

ポリーはまたクスクス笑った。なんだかうれしそうだ。

「みんな、殺人予告の話をしていますよ。眠っているときに殺されるだろうって。『吸血鬼ヴァーニー』とか『血の饗宴』みたいですね」

ステラは手と顔を洗って、タオルでふき、服を着はじめた。めまいがする。フィルバート氏を助けるのに何かできただろうか？　スリップとコルセットと長靴下を身につける。

「あの新しい紳士、背の高い男性ね、夜中にお発ちになったんですよ。短いご滞在でした」

ポリーは、コルセット、スリップ、ペチコートをつけるのを手伝う。ボタンをはめて、ひもを結び、ドレスをステラの頭にかぶせる。

教授――と、ステラは思った。教授がいなくなったと聞いて、ほっとした。はりのある生地から顔を出すと、ステラはいった。

「発ったのね？」

ポリーはスカートをのばし、ドレスの後ろにたくさんついている小さなボタンをはめはじめた。

「あの紳士はどこか奇妙でしたね。つれていた男の子はおどおどしてました。かわいそうに」

ポリーはボタンをはめおわり、エプロンドレスをふってしわをのばした。

「警察が来ます。たぶん、犯人を逮捕するでしょう。ブレンキンソップ氏を逮捕するかもしれません」

ポリーはクスクス笑った。

「お気の毒なフィルバート氏の遺体は温室に寝かされたままですよ。手をふれちゃいけないんですって。ドアに鍵をかけてジェイムズが見はっています。捜査のためにね。手がかりを探すためです、おじょうさん」

ポリーはステラの腕をエプロンドレスに通し、ひもを結んだ。

「証拠ですよ。『のろわれた教会の庭』とか『マンチュリアン・ドワーフ（花の名前）の謎』みたいにね」

ポリーはステラの髪の毛にブラシをあてた。

「あのフィルバート氏はいい紳士でした。とても古風で。でも、変わっていましたね。宿泊費をギニー金貨ではらったんですよ。カバンの中にたくさん入っていました。二百年前の金貨だって、フォーテスキュー氏がいってました。まるで地面の中からほりだしたように土まみれだったんですよ。だけど、金は金だって、フォーテスキュー氏はいってました」

ポリーはステラの髪の毛をリボンで結んだ。

「さあ、できましたよ。朝食の時間がすぎています。今朝は何もかもおくれてるんです。あたしは自分の仕事にもどりますね」

「ありがとう、ポリー」

ステラは腰かけて室内ばきをはいた。フィルバート氏が亡くなったなんて信じられない。亡くなった。

小さな包みをあずかっている。かくしてくれ。守ってくれ、といった。でも、これからどうしたらいいのだろう？


朝食の会場では、心配そうな話し声や、何かをたたく音、こわれた家具をかたづける音がひびいていたが、ステラはだまって朝食を食べた。何も入れないポリッジ（おかゆ）、うすくバターをぬったパン、うすいミルクティー（ディリヴァランスおばさんは、ジャム、砂糖、卵などは子どもの体によくないと思っていた）。あたりの会話に耳をすます。多くの宿泊客が興奮しておしゃべりしている。いったいどうしたんでしょう、とか、こんなことが起こるなんて、とか。

「あなたは英雄ですよ、カラザーズ将軍」

レディ・オグルヴィがゼーゼーしたふるえる声でいった。

「やつら、すたこら逃げていきましたよ。砲撃を受けたオスマン帝国の兵士のようにね」

将軍はせっせと燻製ニシンを攻撃している。

「悪者が逃げだした、ハハハ」

フォーブス大佐はデビルド・キドニー（腎臓を使った料理）をかんでいる。

「落ちつきませんね」

テンペランスおばさんがキョロキョロする目で、あたりを見まわす。

「お気の毒な外国の方」

コンドレンスおばさんが口いっぱいに入れたハムと卵を飲みこむと、特別製のコルセットがブーンと音をたてた。

「とても落ちつきませんよ」

ステラはスプーンをおいた。何かいうべきだろうか？　おばさんたちに教授のことを話すべきだろうか？

「わたし、見たの――」

「おだまり」

ディリヴァランスおばさんがさえぎった。

「下品なおしゃべりをしてはいけません」

おばさんはマーマレードをぬった三角形のトーストをおこったようにかじった。

「前かがみになってはいけません」


朝食後、雨がふりだしたので、おばさんたちは日課のザ・フロントの散歩ができなかった。ステラは部屋に逃げこみ、ドアを閉め、フィルバート氏の小さな包みをマットレスの下から取り出した。ひもがきつく結ばれている。最初は指でほどこうとしたが、歯を使ってやっとほどくことができた。ふるえる手で油布を開くと、さらに小さな包みが入っていた。しわくちゃの黄色がかった紙で包んである。ステラはドアを見た。まだパーラーの方から、お天気に不満をいうおばさんたちの声が聞こえる。今のところ安全だ。急いで紙包みをあける。中には小さなびんが入っていた。銀色で丸い形だ。直径五センチぐらいだろう。魚のうろことか、ステラのヘアブラシについているアコヤ貝のように、玉虫色がかっている。びんの表面には、とぐろをまいたヘビのような模様が彫ってある。コルクでせんがしてあり、赤いロウで密閉されている。見た目より重く、ガラスのようにスベスベだった。ステラはびんを窓にかざしてみた。灰色がかった日中の明かりを受けてかがやく。びんをふると、何かがぬれた砂や小石の上をすべっているような音が聞こえ、壁紙に黒い影がゆれた。びんの中でクネクネしたものが動いているようだが、よく見えない。黒っぽい銀色のものだ。ただの影かもしれない。

　美しいびんだったが、ステラは鳥肌が立った。

　フィルバート氏はこれを守ろうとした。ステラに守ってくれとたのんだ。そして、ステラはそうすると約束したのだ。だが、フィルバート氏は亡くなってしまった。

　ステラはびんをぎゅっとにぎった。

7

午後の散歩

午前中はずっと雨だった。ステラがピアノを練習しているときも、雨が窓を流れていた。コンドレンスおばさんはとなりにすわって、まちがえるたびに手をたたく。そして、それはしょっちゅうだった。練習している曲、『かわいい花のためのワルツ』はいつもよりむずかしく感じられた。弾きおわるとコンドレンスおばさんはカンカンで、ステラはなみだぐんでいた。

モックタートルスープ（ウミガメのスープに似せてつくったスープ）、ウナギのマリネ、牛タンとズッキーニの酢漬け、キャビネット・プディング（ドライフルーツ入りプディング）、カスタードの昼食のあと雨はやみ、おばさんたちとザ・フロントに散歩に行った。白波の上に弱い太陽がさしていたが、冷たいしめった風がふき、遠くに不気味な黒い雲がある。ディリヴァランスおばさんはたくさんのショールや毛布の間からビーズのような黒い目をのぞかせている。エイダが車いすをおし、テンペランスおばさんとコンドレンスおばさんがその横を歩き、ステラが後ろからついていく。

マジェスティック・ホテルから丘をくだり、ザ・フロントを歩き、数軒の小さなホテルや遊園地、桟橋を経由して灯台まで歩く。そこで向きを変えてもどるのだ。

　ステラは海を見るのが好きだった。あるときは灰色、あるときは灰色がかった青や緑になり、帆船や蒸気船もよく通る。ザ・フロントはたいていこみあっている。車いすに乗った病みあがりの人たち、小さな犬をつれた老婦人たち、着ぶくれした赤ちゃんを乗せた乳母車をおす子守たち。若い紳士が背の高い車輪のついた二輪車に乗って通りかかると、おばさんたちや老婦人たちはまゆをひそめる。「ミス・マラードの若いレディのための学校」のきちんとした服装の生徒たちが、顔をしかめた先生に引率されて通り過ぎるのには、いつも興味を引かれる。以前から、ほかの女の子たちといっしょにレッスンを受けたいと思っていた。けれど、生徒たちの表情を見ると、ミス・マラードの学校はひどいところのようだ。手袋をした手を上品

に重ねあわせて、目を下げ、二人ずつならんで歩く。ささやきあうことも笑うこともない。

散歩の中でステラがいちばん好きなのは桟橋を見ることだった。海にせりだし、エレガントできゃしゃな脚に小さな波のあわがかかる。カモメたちがこのんでとまる優雅な街灯があり、ザル貝やパイや色あざやかなお菓子を売る出店がならんでいる。手まわしオルガンや蒸気で動くメリーゴーラウンドから小さな音楽が聞こえる。桟橋のはしにある劇場は、いくつかの白いドームに旗がはためいて、お城のようだ。

ステラは桟橋を歩きたかったが、入場料の一ペニーを持っていない。ディリヴァランスおばさんが、桟橋はとても下品だというので、散歩するときにザ・フロントからながめるだけだ。桟橋の入り口には回転式木戸がある。両側の壁にはポスターや芝居のビラが重ねて貼ってある。

シニョール・カペッリの訓練されたネコたち
すばらしきパフォーマンス

ムッシュ・サバディーン
歯にくわえた棒の上に生きたロバを乗せる！

アルモンテ兄弟
目を見はる、アクロバティックな宙がえり

めずらしき
アビシニア種のネコ

「のろのろしないで」
ディリヴァランスおばさんがいった。おばさんたちは足早にザ・フロントを歩く。民家、下宿屋、釣り船のそばを通り過ぎ、灯台の下にある難破船の記念碑まで行く。記念碑には『一七五二年、百四十名が亡くなったシャーロット号の悲劇を記念してこの碑をたてる』と書いてある。記念碑はウイザリング・バイ・シーのはずれにあり、その先はずっと沼地が広がる。

エイダがそこで車いすの向きを変え、みんな、帰り道につく。

また桟橋にもどると、「こんにちは」というおうへいな声が聞こえ、老婦人が目に入った。ディリヴァランスおばさんの知りあいのミス・オラレンショウ、インペリアル・ホテルの宿泊客だ。ミス・オラレンショウはひだかざりのついた黒いドレスを着ていて、黒い羽をたくさんつけた帽子をかぶり、黒い毛皮のケープをはおり、黒いビーズのネックレスをぶらさげていた。後ろにいるメイドは、三びきのスコティッシュ・テリアのリードをにぎり、ひざかけやショールをかかえ、大きな黒い傘を持っている。

ステラは腰を落としておじぎし、

「ごきげんいかがですか、ミス・オラレンショウ?」

といった。おばさんたちとミス・オラレンショウはお天気の話や、メイドがなまけないように見はっていなければいけないという話や、マジェスティック・ホテルで起きた事件の話をしていたので、ステラはおばさんたちからはなれて、たくさん貼られたポスターをながめていた。

すばらしき技！
ミス・アディ・スカージー
美しき二輪車乗り

見てびっくり！
巨大なベンガルトラ

トラの絵のポスターがあった。ギロリとした目、するどいキバと爪。そのポスターを見ていると き、べつのポスターが目に入り、おどろいた。面長の顔に見おぼえがある。教授だ。黒い服を着てウサギと金魚鉢を持って柱の横に立っている。柱の反対側はカーテンでおおわれている。片手の指から光線を出しているように見える。ポスターにはこう書いてあった。

スターク教授
手品と、すばらしきイルージョン

信じがたきマジック！
不思議なキャビネット
中国のかぎ煙草入れ
魔法のハンカチーフ
美女の首切り
精霊の世界が明らかに！

ステラはぼうっとポスターを見つめた。教授はマジシャンだった。よりおそろしく、不気味な気がする。

ステラは、マットレスの下にかくしたフィルバート氏の銀色のびんのことを思った。教授が必死で探している、あれはなんだろう？　あれを見つけるために、教授はマジックを使うかもしれない。今このときにもマジックを使っているかもしれないのだ。

そのとき、カモメかネコの鳴き声のような音が聞こえた。あたりを見まわしたが、何もいない。また、同じ音が聞こえた。すすり泣いているような音で、足もとから聞こえるような気がする。ステラは手すりごしに、下の浜を見た。

桟橋のかげになっているところで、少年がひざをかかえ、頭をたれている。

ふりかえると、おばさんたちはまだ、ミス・オラレンショウとのおしゃべりに夢中（むちゅう）になっている。コンドレンスおばさんは自分のおなかをさして、手をひねった。健康（けんこう）問題について話しているのだ。しばらく話は続くだろう。

ステラは手すりから身を乗り出してさけんだ。

「だいじょうぶ？」

男の子が顔をあげた。見たことがある。教授とホテルにいた、やせて青白い顔の少年だ。桟橋のかげにいるので、顔がよけい白く見えるし、目の下にあざができている。少年はみじめなようすで肩（かた）をすくめて、また下を向いた。

「どうやってそこにおりたの？」

少年は答えなかったが、ステラは護岸（ごがん）にボルトでとめられたさびついたはしごを見つけた。おばさんたちとミス・オラレンショウの方を見る。コンドレンスおばさんが、まるでふきんをしぼるようなしぐさをして、ほかの人たちはうなずいている。まだ、コンドレンスおばさんの体調について話しているのだ。

ステラは手袋（てぶくろ）をぬぎ、

「今行くわ」

といって、手すりを乗りこえた。

8 幻視する少年

さびついたはしごをおりると、小石だらけの浜だ。潮が満ちてきていて、浜がせまくなっている。波が小石をころがし、リズミカルなザー、コロコロという音をたて、桟橋の脚のあたりにあわが立っている。

ステラは、ひざをかかえて海を見ている少年のそばにかがんだ。少年は厚手のコートを着て、よごれたウールのスカーフをまいている。

「わたし、ステラ。だいじょうぶ？」

「ベン」

少年は肩をすくめた。

「ゆうべ、あなたを見たわ。ホテルで」

「知ってる」

ステラは少年の横にすわった。桟橋のかげは寒かったので、コートをかきよせる。

「インクを見ていたわね」

ステラは、両手で水をすくうようなしぐさをした。

「幻視（げんし）してたんだ」

ベンはみじめそうに鼻をすすった。ステラは、ベンがその先をいうのを待ったが、いわないので、こうたずねた。

「幻視って何？」

「インクの中に見ることができるんだ」

「どんなことを？」

「起こったことを。あの人が命じたことはなんでも。あの人はぼくにそれをさせるんだ」

ベンは手で顔をこすった。手にまだインクのしみがついている。しばらくしてベンはいった。

「あの紳士（しんし）がつぼの中に小さな物をかくしたのが見えた」

「亡（な）くなったわね」

ステラがいうと、ベンはうなずいた。

「うん。ぼく、見た。おそろしかった」

ここでベンは口ごもり、

「どうしようもなかった」

と、頭を下げて肩（かた）をふるわせた。

ステラはベンの腕（うで）にふれた。

「ベンのせいじゃないわ」

ベンは顔をあげずに肩をすくめた。

ステラはもう一度、ベンの腕に軽くふれた。二人はしばらくだまってすわっていた。ステラは、なんといったらいいのかわからなかった。

かん高い音がして、ベンが首にまいたスカーフの間から小さな黒い子ネコが顔を出した。ステラは子ネコの頭を人さし指でなでた。ベンがなみだのあとのついた顔をあげた。

「シャドー」

といって、やさしくネコの爪をスカーフからはずしてやった。

「眠ってたんだ。ぼくのネコだよ」

「シャドー」

ステラは子ネコをなでた。真っ黒で、海のような緑色の目をしている。背中をアーチのようにまげて、ステラの手にあごをこすりつけると、強くかんだ。

「痛い！」

「道で見つけたんだ。一人ぼっちでいた。ばあちゃんがこんな黒ネコを飼ってた。かしこい子だよ。芸をしこむつもりだ。シャドーは、きみが好きなんだ。きみが

フ、ェ、イ、だって知ってる」
「そうなの？」

ステラは指をなめながら、うたがわしそうにいった。

「もう一度いって」

「きみがフェイだって知ってる」

ベンはステラを見た。ベンの目はめずらしいうす灰色（はいいろ）だ。

「フェイ。不思議な力を持つ人。ネコはわかるんだ」

シャドーはベンの肩（かた）によじのぼって、のどを鳴らした。ベンがなでると、かん高い鳴き声をあげ、ベンの耳をかむ。ベンは続ける。

「フェイ。ぼくみたいに」

ステラが肩をすくめると、ベンはさらにいった。

「きっと、そうだよ。すぐわかった。だって、〈栄光の手〉がきみを眠（ねむ）らせなかったから。フェイには術（じゅつ）がかからないんだ」

ステラはもう一度肩をすくめた。

「ベンのいっている意味がわからない。フェイって何？」

ベンは手の甲（こう）で鼻をふいた。

「ばあちゃんが、いってたんだ。フェイは古い魔法のこだまみたいなもんだって。妖精や巨人や魔術師がいたころにくらべたら、もうあまり力がない、ちょっとだけの魔法だって。〈魔法のさわり〉っていう人もいる。〈第二の目〉だって。ここにないものが見えるんだ」

「わたし、そんなことできないわ」

「たぶん、べつのことができるんだ。魔法の力は家族に引きつがれる」

ステラは首をふった。

「ちがうわ」

「ぼくのばあちゃんはセルキーの血がまじってた。ぼくがそれを引きついでる」

「セルキーって?」

「アザラシ族だよ。スコットランドのアザラシ族は、海でアザラシに変身できるんだ。静かな水の中に未来を見ることができる、ってばあちゃんがいってた」

ステラは背中がゾクゾクした。とつぜん、コンドレンスおばさんの言葉を思い出した。はじさらしです、かたわれだけだとしても……そういっておばさんは言葉を切った。何をいおうとしていたのだろう。なんのかたわれ?

「アザラシ族なんていないし、だれも未来を見ることなんかできないわ」

「今は、もちろん、だれもできないよ。でも、昔、うんと昔にはできた」

　ベンはシャドーのあごをかいてやった。

「ぼくみたいに。ぼくはセルキーじゃないけど、フェイだよ。アザラシに変身できないし、未来を見ることもできないけど、インクを見ると、何が起こったかわかるんだ。ばあちゃんとぼくは、幻視する力があった。ばあちゃんはガラス玉を見てわかったんだ。それをぼくに教えてくれた。ぼくたちはいろいろ幻視したよ」

　とつぜん、ベンはにっこりした。

「いい魔法だよ」

　ベンはささやくような、不思議な声でいう。

「おまえの屋根の上を七羽のカラスが飛ぶだろう。おまえの家の小道をカエルが横切るだろう。色の黒いよそ者がおまえをおどろかせるだろう……そういうのは、いい魔法だったんだ。でもばあちゃんが死んで、ぼくは孤児院に入れられた」

　ベンは鼻をこすった。

「ひどい場所だったよ。そこに教授が来て、ぼくを引き取った。教授はぼくたちの魔法を知っていた。ぼくに幻視をさせたかったんだ。あの小さなびんがほしいんだ」

「どうして、あれがほしいの？　何が入っているか知ってる？」

「あけないで」

「あけないけれど――」

ベンはしんけんな顔でステラを見た。

「あけないで。あれは、悪いものだ。教授は古い本であのことを知ったんだ。ラテン語で書かれていた。あのびんは、沼地の大きな古い木の下にうめられていたんだ。村が水没したところに生えていた木。村が水没した話は知ってる?」

ステラはうなずいた。ポリーから、近くの村が沼地に水没したというおそろしい話を聞いていた。それに、いまだに嵐の日には教会の鐘が鳴ることを。長いこと教会にはだれもいなくて、鐘もないというのに。

ベンは続ける。

「ぼくたち、夜、あそこに行ったんだ。木を切りたおし、根をほりおこした。でも、あのおじいさんがあれを取ってしまった」

「フィルバート氏が?」

「それ、本名じゃないと思う。教授はドリュアスとよんでた。ぼくたちが根をほりだしていると、どこからともなくあらわれ、びんを持って逃げていった。教授はあの人がいることをつきとめて、ホテルに行ったんだ。でも、あのおじいさんはどこにかくしたか、いわなかった。だから、〈栄光の手〉に火をともしてみんなを眠らせ、手下たちに探させたんだ。それから教授はぼくに幻視をさせた。つぼの中になかったから、教授はおこって杖に仕こんであった剣でおじいさんの胸を刺したんだ」

ベンがまた手で顔をこすると、黒いインクが顔についた。

「おそろしかった」

「わたし、あれを――」

「いわないで」

ベンはステラの腕をつかんだ。

「きみが持っているとか、どこにあるとかいわないで。何もいわないで。それを知ったら、ぼくは教授にいってしまう。いわされるんだ」

「でも――」

「だめだ」

ベンはステラの腕をはなした。

「いわないで。どちらにしても幻視をさせられて、どこにあるのか見えてしまう。そしたら、いってしまう。ぼくを信じちゃいけない」

ベンは海に目をやった。さびしそうな顔をしている。ステラはシャドーの頭をなでた。教授は、おばさんを百人集めたよりたちが悪いような気がする。少しして、ステラはいった。

「逃げられないの？」

ベンはみじめそうに首をふった。

「追いかけてくる」

それから泣きそうな声でいった。

「ぼく、勇気がない」

「今日、警察が来るのよ。逮捕してくれるかもしれない」

「教授は警察なんかおそれない」

「ポスターを見たわ。教授はマジシャンなのね」

ベンはうなずいた。

「舞台の上でね」

「本当の魔法は使えるの？」

ベンは首をふった。

「鏡とかゼンマイ仕かけを使った、ただのトリックさ。自分でつくるんだ。教授は頭がいいんだ」

「〈栄光の手〉はなんなの？　あれはトリックじゃなかったでしょ」

「うん」

ベンは体をふるわせた。

「教授はああいう物を集めているんだ。悪い物を。あれは縛り首になった男の手でつくったんだ。みんなを眠らせる。ミルクか血をかけないと炎は消えない」

　ステラは水たまりにたれた自分の血で炎が消えたことを思い出してうなずいた。

「教授はフェイなの？　教授は眠くならなかったわ」

「あれに火をつけたのが教授だからだよ。彼はフェイじゃない。トリックの仕かけをつくったり、古い物を集めたりするだけだ」

「ベンはどこに泊まっているの？」

　ベンは肩ごしに親指でさした。

「あそこのフラナガンズって宿。きみはあのホテルに泊まってるの？」

　ステラはうなずいた。

「おばさんたちと。おばさんたちは、あそこの水を飲んで、お風呂に入るの。健康のために」

「水を飲むの？」

「特別な水なの。気持ち悪いけど。ホテルの下からくみあげていて、有名なの。みんな、健康のためにあの水を飲むのよ」

　ステラはクスクス笑った。

「前にいたホテルでは、白いものだけ食べてたの。カブとかミルクプディングとかタピオカとか。

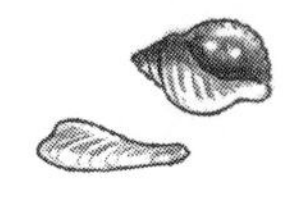

それに朝食はジャガイモのジュースを飲まなきゃいけなかったの。その前は山の上のホテルだった。おばさんたちは、冷たい空気風呂に入ったの。それに誘導起電機（ゆうどうきでんき）というものがあって、それから窓（まど）をあけて寝（ね）なきゃならなかったの。雪がふきこむこともあったわ」

「それで、体はよくなったの？」

「ううん」

ステラは手で、すべすべした浜（はま）の小石をすくった。

それからしばらくして聞いた。

「あれが何か知ってる？　あのびんの中に何が入っているか知ってる？」

ベンは、しぶしぶうなずいた。

「教授はずっとあれを探（さが）していたんだ。いつも巨人（きょじん）や妖精（ようせい）やウミヘビの話をしている。それに、昔の魔術師（まじゅつし）たちのことを。魔法で鳥や魚に変身できたんだって。ウミヘビに変身できる魔術師がいたそうだ。その魔術師は嵐（あらし）を起こすことができたと、教授がいつもいってた。グリムペン大魔術師といって――」

そのとき、上からおこった声がふってきた。

「おじょうさん、おじょうさん。どこにいらっしゃるんです？　まったくもう」

「エイダだわ！」

ステラはパッと立ちあがった。

「ベンの姿を見られたら、たいへん。だれともおしゃべりしちゃいけないといわれているの——」

ベンは、にっこりした。

「かくれるね」

シャドーをだきあげると、桟橋の鉄の脚の後ろにかくれた。

「行って」

「さよなら、ベン。さよなら、シャドー」

「さよなら、ステラ」

ステラはベンに手をふると、桟橋のかげから出た。しとしと雨がふっている。またふりだしたのに気がつかなかった。おばさんたちは、ぬれて、カンカンにおこっているだろう。

「エイダ！　ここよ」

大声でいい、さびついたはしごをのぼりはじめた。

雨にぬれて、おこった顔が手すりからせりだした。

「そんなところで、何をなさってるんです、おじょうさん？」

「何もしていないわ、エイダ」

「いつも、みんなをわずらわせて、ふらふらとどこかに行ってしまう。いつもかくれんぼして。雨がふっているのに、いなくなって。どうしてちゃんとできないんですか？」

エイダはステラの腕をつかんで手すりを乗りこえさせた。

「ごめんなさい、エイダ」

「二十分も探しまわったんで、ずぶぬれですよ。おばさんたちはホテルにおもどりになりました。おじょうさん、聞いてます？」

エイダはステラの肩をつかんで歯がガチガチいうくらいゆすると、腕をつかんで、だれもいないザ・フロントを引きずっていった。海は灰色になり、霧がかかり、雨がはげしくなってきた。

「ごめんなさい、エイダ」

ステラがあやまってもエイダは返事をしない。

二人は、水をはねちらしながら、ホテルに続く丘をのぼっていく。ステラの帽子のふちから水がしたたり、首にあたる。髪の毛が背中にへばりつく。エイダはもっとぬれていて、カンカンにおこってステラの腕をぎゅっとにぎっている。エイダは車寄せからホテルの正面玄関に入った。ステラのびしょぬれのコートと帽子をはぎとり、自分のもぬいでふると、コートかけにかけた。

それからまたステラの腕をつかみ、玄関ホールからバスハウスに引きずっていく。

「どこに行くの？」

ステラは聞いた。大理石の床でぬれた靴がすべる。

「おばさんたちがお待ちかねです。今、波風呂（なみぶろ）にいらっしゃいます」

ステラは気持ちがしずんで、身ぶるいした。あたりで霧（きり）がうずまき、遠くで波風呂をつくる機械がカタンカタンと音をたてている。

9

かかしになった？

タイル貼りの通路をエイダがステラを引き立てていく。入り口から熱い湿気が流れ出て、冷たい風がふきこみ、水がしたたった。

「おばさんたち、すごくおこってる、エイダ？」

「おじょうさんは、どう思うんです？」

エイダは、ステラの気持ちを打ちくだくようにきつい声でいった。アーチ型の入り口を入り、すべりやすい短い階段をおりる。波をつくる機械はカタン、カタンとゆっくり動いている。ステラの足や歯に機械の動きがひびく。あたりには蒸気が厚くたれこめている。アーチ型の天井に青と金のモザイクのイルカがえがかれていて、そこについた水滴が壁をしたたり落ち、床に水たまりをつくっている。

ステラは目をしばたかせ、せきをした。

「マダム、ミス・テンペランス、ミス・コンドレンス、おじょうさんを見つけました」

エイダはあたりの音に負けないように声をはりあげた。腰を落としておじぎをし、湯船がならんだ方へステラをつきだす。

ステラはおずおずと数歩進んだ。

カタン、カタン。機械がゆっくり回転すると、六つの湯船が前後にゆれる。湯船の中では波が足に、それから頭に打ちよせる。お湯は湯船からあふれ、排水溝(はいすいこう)に流れ、また上からそそがれる。三つの湯船は空(から)だった。おばさんたちが残りの三つの湯船を占領(せんりょう)している。おばさんたちは巨大(きょだい)なプディングのようにキャンバス地にくるまれて、湯気をあげる波に打たれている。

カタン、カタン。機械は列になった湯船を持ちあげる。おばさんたちの頭があがり、波が足にあたる。おばさんたちはステラをにらんだ。

「近くに来なさい」

ディリヴァランスおばさんが命令した。

「エイダ、この子をどこで見つけました？」

「桟橋(さんばし)の下でございます」

ディリヴァランスおばさんはステラをジロリと見た。目は二つの小さなほしブドウのようだ。湯船にしばりつけられていると、車いすに乗っているときより、おそろしく見える。湯船が前にかたむいたときだけ、不健康(ふけんこう)な、ゆだった顔が見える。ほかに見えるのはぬれて湯気をあげているキャンバス地、体をゆわえつけているストラップとバックルだけだ。

「背中をのばして立ちなさい。まげてはいけません」

いつもよりきげんが悪い。テンペランスおばさんとコンドレンスおばさんがすごく大きな音で鼻を鳴らした。ステラは背中をのばし、両手を後ろにして、かかとをそろえた。

「いつもいうことを聞かないね。強情で、がんこで……」

カタン、カタン、湯船はゆっくりと後ろにかたむき、おばさんたちの顔が見えなくなった。波ができ、くだける。カタン、カタン、カタン。

「……手に負えないし、恩知らずだし」

湯船があがりお湯がかかると、ディリヴァランスおばさんは続ける。

「そのかっこう。レディとはどうふるまえばいいのか知らないようですね。レッスンを受けてもなんの効果もない。コンドレンスが、おまえはピアノがどんどん下手になるといっていました……」

「そのとおりですよ」

コンドレンスおばさんがいった。

波が足にかかり、湯船は後ろにかたむきはじめた。また波がかかる。カタン、カタン。ディリヴァランスおばさんが続ける。

「……考えられません。テンペランスが、レッスンのときに、おまえは質問をし続けるといっていました。あさましい好奇心！　きのう、昼食に来ませんでしたね。今日は、エイダが、桟橋の下に

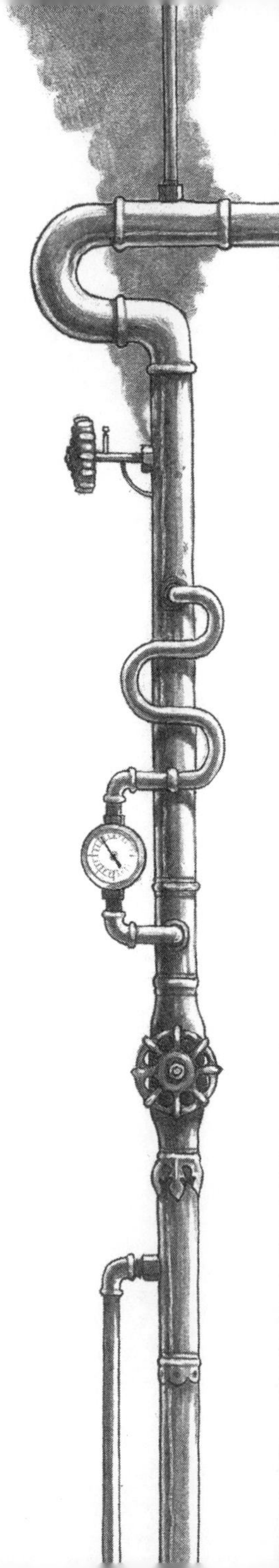

いるのを見つけた。はずべきことです！　それに危険です」

ディリヴァランスおばさんは、後ろにかたむいていく湯船の中からステラをにらんだ。

ステラはみじめな気持ちでおばさんを見つめる。カタン、カタン。

「もうたくさんです」

ディリヴァランスおばさんの激怒した顔がまたあらわれた。

「礼儀正しく、時間厳守で、従順でなければなりません。しっかりレッスンを受けなさい。わたしが成果を見ましょう。今日のお茶はなしです。夕食はパンと水のみ。毎朝二時間、姿勢を正すレッスンを受けなさい」

「わかりました、ディリヴァランスおばさん」

ステラは悲しそうにぬれた靴を見た。

金曜日の夜には、ステラはお風呂に入ることになっていた。ずぶぬれで、寒くて、みじめな気分だったから、お風呂はうれしかった。

おばさんたちの部屋には、すばらしいお風呂がついていた。壁にはカラフルな鳥の絵がかかれたタイルが貼りつけられている。水道の蛇口や管はピカピカした銅や真鍮製で、天井からはキラキラしたクリスタルといっしょにガス灯がぶらさがり、大きな湯船のまわりにはマホガニーの板が貼ってある。

エイダはお湯を出すために体を乗り出した。マジェスティック・ホテルはとても近代的だ。エレベーターに水洗トイレ。部屋でもお湯が出るから、使用人はお風呂のお湯を階下から運んでこなくてもいい。レバーを調節し、蛇口をひねると、湯船の上にあるイルカの口からお湯が出る。イルカからシューという音が出て、湯気が出てきた。エイダはとびのき、ブツブツいいながらレバーを調節する。カランカラン、ゴーという音がし、チョロチョロとお湯が出てきた。イルカの横をたたくと、せきこむような音をたて、お湯がどっと出てきた。

お湯をはると、エイダはステラが服をぬぐのを手伝い（とてもやさしいとはいえないやりかたで）、髪の毛を結んで上にあげると、お湯を止めた。ステラは湯船に入り、エイダはブツブツいいながら、歩きまわる。ぬれた服をかたづけ、下着とねまきを持ってきて、いすの背もたれにかけた。

「きちんと洗ってくださいね。髪の毛をそれ以上ぬらさないようにしてください」

そういうと、エイダは行ってしまった。

ステラは、あたたかいお湯に横たわった。おばさんたちにしかられているときは泣かなかったが、だれもいなくなると、なみだが二つぶ湯船に落ちた。しかられると、いつもみじめな気持ちになる。今日ディリヴァランスおばさんはとりわけおこっていた。ステラはため息をつき、スポンジで顔にお湯をかけ、なみだを洗い流した。

今、ベンは何をしているだろう？ 教授が劇場でマジックショーをする準備を手伝っているかもしれない。あるいは、フィルバート氏のびんを見つけるためにインクで幻視をさせられているか。かわいそうなベン。みじめな人生だ。教授はおばさんたちよりおそろしくて、危険だ。

ステラは、ベンに、フェイかもしれないといわれたが、そんなことはありえない気がする。ベンがインクでしたように、そこに見えていないものを見ることは、ぜったいにできない。

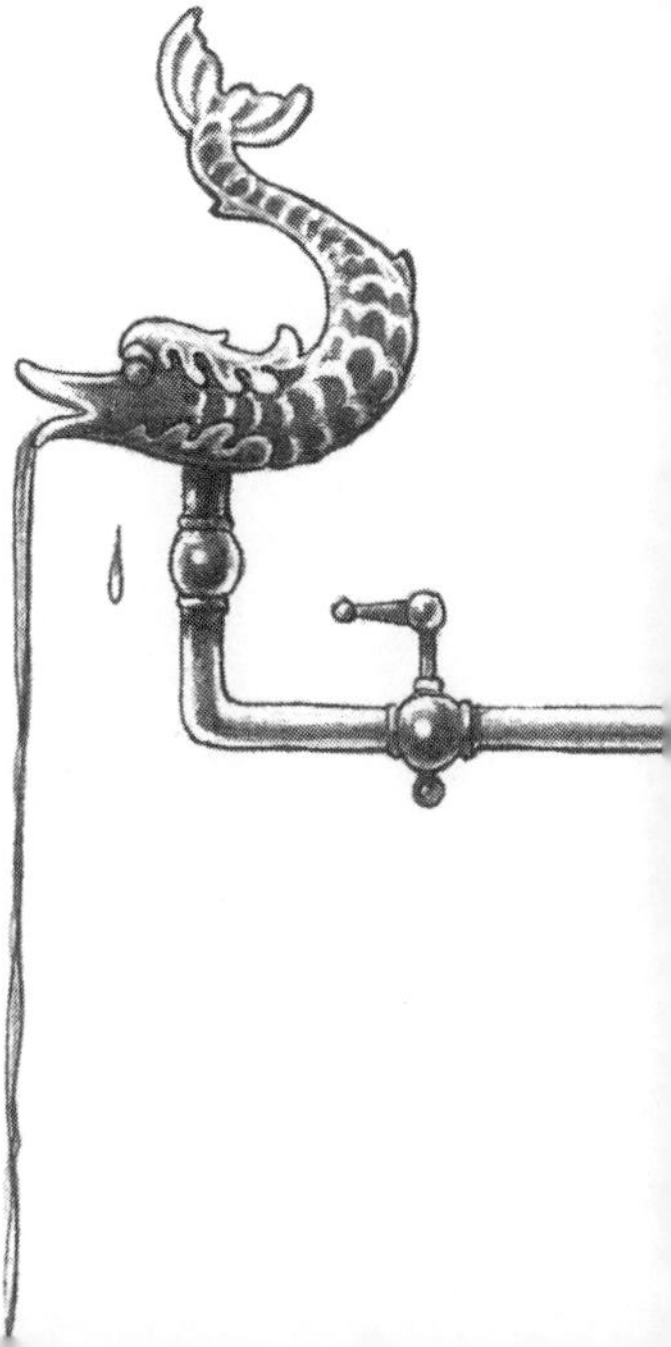

魔法の力は家族に引きつがれる、とベンはいった。ベンのばあちゃんにはセルキーの血が流れていた。地図帳にセルキーのことが書かれていないのは、たしかだ。『若いレディのためのフランス語会話』にも。

ポリーなら知っているかもしれない。

わたしの家族にはセルキーの血が流れているのだろうか？　あるいは、ほかのものが？

両親について知っていることといったら、自分が小さいころに亡くなったということだけだ。ホテルの宿泊客たちがときどきかげでいっているし、使用人たちがうわさしているから、何か秘密があるのは知っている。スキャンダルかもしれない。けれど、おばさんたちはステラの質問に答えてくれない。好奇心は下品、沈黙は金。ディリヴァランスおばさんが日に何度もいう。

ディリヴァランスおばさんの部屋には額に入った銀板写真がある。おばさんたちが若いころの写真だ。（ふきげんな、きつい顔つきは今と同じだ。）コンドレンスおばさんのひざには四番目の姉妹、フリルとリボンがついたドレスを着て、目を見開いた赤ちゃんがのっている。

その赤ちゃんは、ステラのママのペイシェンスだ。

ステラはまた顔の上でスポンジをしぼり、写真に写っている赤ちゃんのことを考えた。どうやったら、もっとママのことを知ることができるの？　それに、パパは？　名前さえ知らない。モンゴメリーはママの姓だ。おばさんたちは、パパのことはぜったいにいわない。きらっているし、信頼していないのは、たしかだ。あるいは、パパは何か不名誉なことをしたのかもしれない。けれど、ほかの理由があったら？　どうやって見つけたらいいの？

バスルームの外で、メイドたちがうわさ話をしている。息を飲んだり、クスクス笑う声が聞こえる。ドアがノックされた。ステラは顔をふいて、大声でいった。

「どうぞ」

ポリーがドアをあけた。

「はい、これ」

と、たたんだタオルを数枚いすにのせた。

「ありがとう、ポリー」

ステラは体を起こした。

「何か起こったの？」

ポリーはクスクス笑いながらいった。

「話しちゃいけないんです。ぜったいに」

「教えて、ポリー」

ポリーは湯船のへりに腰かけた。

「刑事さんたちがロンドンから来たんです」

「へえ」

「玄関ホールで、ブレンキンソップ氏やジェイムズやフォーテスキュー氏と話してます」

ステラはうなずいた。フォーテスキュー氏はこのホテルのオーナーだ。

「それでですね、温室にお気の毒なフィルバート氏を見に行ったとき、信じられないものを見つけたんですよ」

「何？」

ポリーは声をひそめた。

「ねじれた古い枝のかかしが、フィルバート氏の服を着ていたんです。服の中に死体はありませんでした。温室には鍵がかかっていて、ジェイムズが入り口で見はっていたのに、ですよ」

ステラは手で口をおおった。

「刑事さんたちはそれを玄関ホールまで引きずってきましたよ。死体がないのなら、殺人事件にならない、といってます。いたずらだと思ってるんです。がっかりですね。明日ロンドンにもどるそうですよ」

「でも、フィルバート氏は？」

ステラは半分自分に聞くようにいった。

「『ジプシーの警告』とか『愛と破滅』のようなものですよ」

ポリーは立ちあがって、人さし指をあげた。

「外国人ですからね。何をするかわかりません。みんな、そういってます」

ポリーはもう一度クスクス笑って、出ていった。

ステラはポリーのいなくなったバスルームをぼうっと見た。でも、フィルバート氏は亡くなった。ベンが、教授が胸を刺したのを見たのだ。

しばらくすると、ステラは湯船から出て、ざっと体をふき、ねまきを着た。バスルームを出ると、おばさんたちは部屋で夕食のために着がえているところだった。ディリヴァランスおばさんがエイダをしかる声、コンドレンスおばさんの特別製のコルセットのたてる音が聞こえる。

ステラはパーラーをしのび足でぬけ、廊下をのぞいた。だれもいない。足音をしのばせて大ぜいの声が聞こえる表階段に向かう。手すりから身を乗り出して下を見た。玄関ホールは宿泊客や使用人でいっぱいだ。

模様のついた大理石の床のまんなかにそれが横たえられていた。人間の形をしているが、ねじれた枝でできている。シャツ、ズボン、室内ばきを身につけている。腕を投げだし、背中がまがり、シャツの前には黒っぽいしみがついている。その顔がまっすぐステラを見ているような気がした。小枝を集めてつくってあるだけなのに、恐怖の表情をうかべているような気がしてステラはゾクッとした。つばを飲みこんで、グロテスクなかかしから目をそらせ、まわりを観察する。上から見ると、頭しか見えない。警察官のヘルメットが二つ。メイドのレースの帽子の間を歩きまわり、仕事にもどるようにいっているメイド頭のアバクロムビー夫人の白髪頭。

フロントデスクの横に立っている大柄なフォーテスキュー氏の、とくちょうのあるオレンジ色のウェーブのかかった髪。そばにブレンキンソップ氏の髪の毛がない頭と、エレベーター係のジェイムズの黒いまっすぐな髪が見える。帽子をかぶった数人の男たちが、きびしく質問してはノートに書きとめている。刑事だ、とステラは思った。

ステラは階段をおりはじめた。教授とフィルバート氏のことで見たことや知っていることを刑事に話さなければならない。刑事たちはステラの話を聞いてくれるだろうか？

後ろから早足で来る音がしたのでドキッとした。エイダだ。おこっている。エイダはステラの腕をつかみ、声をひそめてしかりながら、おばさんたちの部屋に引きずっていく。

「今度は何をしているんです？」

「でも、エイダ――」

「ねまき姿で歩きまわって。また、問題を起こす」

「ごめんなさい、エイダ。わたし――」

「おだまりなさい」

エイダは部屋につくと、ヘアブラシでステラのぬれてもつれた髪を乱暴にとかした。ステラは、痛くて声をあげた。とかしおわると、エイダはブラシでステラの頭をコツンとたたいた。

「おとなしくしていてくださいね。また、しかられますよ」

といって部屋から出ていき、音をたててドアを閉め、鍵をかけた。

10

不安な夜

その晩、ステラはなかなか眠れず、寝がえりを打っていたが、とうとうあさい眠りに落ちていった。夢を見た。黒い水がある。すぐ下で何か巨大なものが泳いでいるように水面が波打っている。水はうずまき、ステラを引きずりこもうとしているようだ。息ができない。パニックにおそわれて目をさまし、ふるえながら、息をする。

ドキドキしながら、まきついたシーツをはずす。羽毛布団は床に落ちていた。ステラはベッドから出て、窓まで行った。夜はいつも、エイダがカーテンをきっちり閉めていく。けれど、しかられて（それは、しょっちゅうのことだ）早めにベッドに入れられると、ステラはカーテンをあけ、横たわったまま空がながめられるようにするのだ。

ステラは窓をおしあげ、外の空気をすった。雨はやんでいたが、まだ湿気があり、星は出ていなかった。体がふるえ、落ちつかない。

下のテラスの、ライオン像の後ろで黒いものが動いたのでギヨッとした。キツネかもしれない、と自分にいいきかせる。ビクビクする必要はない。しばらく、まばたきもせずに目をこらしたが、何も動かなかった。

とても寒かった。ステラは窓からはなれて、マットレスの下から地図帳とフィルバート氏の包みを引っぱり出した。羽毛布団をかけなおし、もぐりこんで、あごまで引きあげる。

それから体を起こし、マッチをすってロウソクに火をつけ、フィルバート氏の包みの油布と紙を開く。小さな銀のびんはロウソクの炎をあびてかがやいた。とても美しいが、ステラは落ちつかなかった。

壁紙に黒い形がゆれる。小さな魚のむれのような形だ。中に何が入っているのだろう？　どうして、教授はこれがほしいのだろう？　エイダがステラを探しに来たとき、ベンはグリムペン大魔術師の話をしようとしていた。またベンに会いたい。

ステラはロウの封印にふれた。あけないで、とベンはいった。小さなびんに何が入っていようが出してはいけない、ということはベンにいわれる前からわかっていた。それに、より安全なかくし場所を探さなければいけないということも。

しばらくして、ロウソクの横にびんをおき、地図帳を手にした。ひざにのせて、てきとうにあけると、島が散在する地図があった。そこに書いてある言葉を読む。こおった海、北極圏を指でなぞる。

——ツンドラはコケや地衣類（ちいるい）や雪におおわれた氷の砂漠（さばく）だ——

白クマやトナカイ、カヌーをこぐ毛皮を着た男の絵がある。

——多くの氷河が北極海に流れ落ちて無数の氷山になる——

氷山の上のセイウチの絵をじっくり見る。ひげを生やし、いばりくさったような表情（ひょうじょう）がディリヴァランスおばさんを思い出させる。セイウチは雄牛（おうし）のような鳴き声だという。ステラはクスクス笑った。おばさんのいびきのようだ。こおった海でカヌーをこいでいることを想像（そうぞう）しながらキング・オスカー・ランドのまわりの水路をたどり、クジラやアザラシや鳴いているセイウチのそばを通り過ぎる（とおりすぎる）。楽しい想像だった。地図帳にはいつもなぐさめられる。

おばさんたちはリズミカルにいびきをかいている。パーラーの時計が二時を打った。外のテラスからかすかにガチャガチャという音が聞こえる。またベッドから出て、窓から体を乗り出した。

何か動いたような気がしたが、はっきりとはわからない。長いこと見つめていたが、そのあとは何も動かなかった。とうとう、体が冷えきってベッドにもどった。ロウソクの火をふき消し、体を丸めて、ふるえながら横たわった。フィルバート氏のびんと地図帳をにぎりしめたまま、眠り（ねむり）に落ちていった。

よく日、朝食のあと、ステラは二時間みっちり、姿勢を正すレッスンを受けた。

テンペランスおばさんは手をたたいていった。

「顔をあげて、視線を落とす。胸をはって」

ステラは頭の上に『若いレディのためのフランス語会話』をのせて、パーラーの中を何度もゆっくり歩く。

「歩幅は小さく。歩幅は小さく。止まって。おじぎ」

ステラが足を止めて腰を落としておじぎをすると、本がすべり落ち、音をたてた。かがんでひろい、また頭にのせる。

「わたしが若いころは、ミルクを入れたワイングラスを頭にのせて練習したものですよ。一滴もこぼさなかったわ」

テンペランスおばさんがいった。

ステラがうなずくと、また本が落ちる。

「集中力が足りません」

そのとおりだった。ステラは本のバランスを取ることに集中していなかった。ほかに考えることがたくさんあったからだ。心ここにあらずで本をひろい、頭にのせた。知らないことがたくさんある。もう一度ベンと話したかった。

ステラはフィルバート氏のことを考えた。教授に刺されて命を落とし、温室の床に横たわっていた。けれど、刑事たちが見つけたのは、ねじれた枝でできたかかしだった。どういうことだろう？　だれかが、何か理由があって、フィルバート氏の死体とかかしを入れかえたのだろうか？　それとも――べつの考えがうかび、足を止める。

バン。また、本がすべり落ちた。テンペランスおばさんは、うんざりしたように舌打ちした。

「背中をのばして。顔をあげて。歩幅を小さく。集中しなさい」

ステラはかがんで本をひろう。

教授がフィルバート氏を枝に変えた可能性はあるだろうか？　マジックを使って？　それはありそうにない。あるいは、ベンがアザラシに関係があるとしたら（それもありそうにない）、フィルバート氏に関係があるのは――何？　枝を編んだかご？　鳥の巣？

「テンペランスおばさん？」

「なんです？」

「ええと――人間が枝に変えられることはありますか？　かかしに？」

テンペランスおばさんは息を飲んだ。

「だまりなさい」

「グリムペンのことを聞いたことがあ――」

「おだまり！」

「でも――」

「だまりなさい。そんなばかばかしいことを聞いてはいけません」

テンペランスおばさんのキョロキョロする片目がぐるりとまわった。

「そんなことを話してはいけません。ぜったいに。好奇心は下品さのあらわれです。姿勢に集中しなさい」

おばさんは手をたたいた。

「顔をあげて、胸をはって、歩幅を小さく」

ステラはため息をついて、また『若いレディのためのフランス語会話』を頭にのせた。

「背中をのばして、目をふせて。部屋を五十周しなさい」

おばさんはドアに向かう。

「わたしがバスハウスからもどってきたとき、上達しているようにね」

テンペランスおばさんがパーラーから出ていくと、ステラはすぐさま足を止め、宙を見つめて考えた。もう一度ベンと会う機会をつくるのはむずかしいだろう。ぐうぜんにまかせなければならない。けれど、フィルバート氏のことはもっと知ることができるかもしれない。フィルバート氏はだれだったの？　どこから来たの？

しばらくして、ステラは頭にのせていた本をおろし、自分の部屋に向かい、ドアの鍵をぬいた。エイダが、部屋の鍵はどれも同じだといっていたのを耳にした。どうして今まで気がつかなかったのだろう？　自分の部屋の鍵とテンペランスおばさん、コンドレンスおばさんの部屋の鍵を比べる。そっくりだ。

ステラはバスルーム、ディリヴァランスおばさんの部屋、エイダが眠る部屋の鍵を見た。全部同じだ。一番なくなったことがわからないのはどれだろう？　少し考えて、エイダの部屋の鍵を自分のベッドのマットレスの下にかくし、ほかの鍵はそれぞれの鍵穴にさしておいた。

これで、部屋からぬけだすのがかんたんになる。おそろしい窓の外の出っぱりを歩かなくてすむ。今夜、もっとフィルバート氏のことを調べてみよう。ホテルの三階のどこにフィルバート氏の部屋があったか知っている。部屋に行って、残っているものを調べよう。身もとがわかるようなものを見つけることができるかもしれない。小さなびんに何が入っているか、それをどうしたらいいか、わかるかもしれない。ステラはニコニコしながら、頭に『若いレディのためのフランス語会話』をのせ、また、パーラーの中を歩きはじめた。

午前中はずっと雨だった。ホテルの屋根の上に灰色の雲がいすわり、雨どいを水がいきおいよく流れる。ステラはパーラーのテーブルで、窓にあたる雨音を聞きながらお裁縫をする。九歳のときから、このお手本のとおりに縫っている。細かい針目でアルファベットを縫い、数字の列と気がめいる詩句を縫ってきた。

時間をよりよいものにするがよい
あたえられた時がなくなるまえに
墓に入ってから後悔してもおそい
死者に許しはもたらされぬゆえに

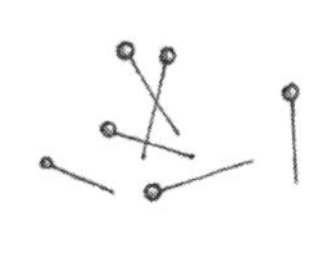

コンドレンスおばさんに、何度もほどいて縫いなおしさせられ、生地がよごれて、しわだらけになっているので、読みにくい。アルファベットと詩のまわり、それにお手本のはしに、いやというほど小さな花でふちどりをしてきた。スミレ（花言葉はつつしみぶかい）、スイートブライアー（花言葉は質素）、デイジー（花言葉は忍耐）。ジャングルの花も入れたかったが、コンドレンスおばさんの『花言葉』という小さな本にはのっていないから、花言葉はないのかもしれない。きっと下品な花言葉でしょう、とコンドレンスおばさんならいいそうだ。この花を縫い取るのに何か月もかかった。

今ステラは、ゆっくりと花と花の間に小さな絵を入れている。インドにいる兵士がおそろしいトラに食べられている絵とか、海のモンスターにおそわれている帆船の絵とかだ。コンドレンスおばさんはどちらにもいい顔をしなかったので、次はつまらない道でつまらない馬に乗っているつまらない男の絵にした。男のコートは赤い絹糸で縫い取った。糸はしょっちゅうもつれた。ため息をついて生地にぶすりと針を刺すと指に刺さって、思わず悲鳴をあげる。

「静かに」

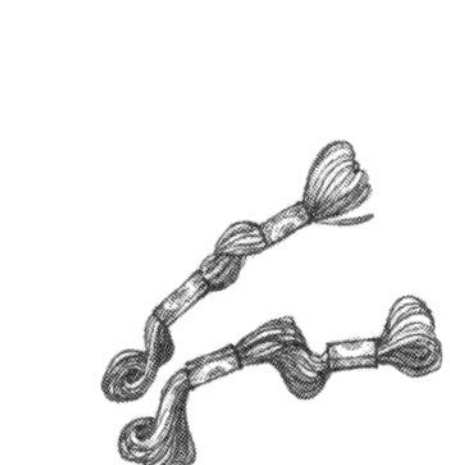

向こう側にいるコンドレンスおばさんが、顔をあげもせずにいう。

ステラはだまって指をすい、コンドレンスおばさんを見る。

おばさんは手紙を書いている。おばさんが手をのばしてペンにインクをつけると、特別製のコルセットがきしんだ。

ステラはそっとお手本を横におき、裁縫箱から小さな生地を出した。それを二つにたたんで、細かい針目で小さな袋を縫いはじめた。

縫いおわると、しっかり閉められるように、輪っかとボタンを縫いつけた。袋はちょうどフィルバート氏のびんが入る大きさだ。袋の両はしにリボンを縫いつけた。これで、首にかけて服の中にかくせる。考えられる中で一番安全な場所だ。ステラは、リボンをできるかぎりしっかりと縫いつけた。できあがると、袋を下着のすそにつっこみ、またお手本を取りあげた。手紙を書いているコンドレンスおばさんは顔をあげない。ステラはにっこりして、生地に針を刺し、赤い絹糸で、つまらない馬に乗ったつまらない男のコートを縫った。


昼食は、プリンス・オブ・ウェールズ・スープ（カブ入り子牛のスープ。パンにかけて食べる）に、ゆでたヒラメとキャベツの煮物、マトンのインゲン豆ぞえ、ミリタリー・プディング（レモンソースをかけた牛の脂肪とパン粉の入ったプディング）ヤシのソースぞえだった。昼食をおえると、ディリヴァランスおばさんは雨がやんだから、ザ・フロントに散歩に行くといった。

湿気をふくんだ冷たい風がふいていた。エイダがディリヴァランスおばさんをいつもより多くの毛布やショールでくるんだので、おばさんは巨大なロールケーキのようだ。ステラはエイダやおばさんたちの後ろを歩く。フィルバート氏の小さな包みは、自分でつくった小さな袋に入れ、首にかけて服にかくしてある。安全だ。

ホテルをはなれ、通りに入ると、あやしげな男が街灯によりかかって大きな音で口笛をふいていた。うす茶色のひげ、山高帽、バラの模様がついた水色のチョッキを着ている。男はステラと目があうと、足早に行ってしまった。

ステラはまばたきした。見たことがあるような気がするが、どこで見たのか思い出せない。

ステラたちは丘をおり、ザ・フロントを歩く。すれちがう人たちは下を向いて早足だ。エイダやおばさんたちに追いつくために、ステラは小走りになった。

カモメたちが鳴きながら、風にのって飛んでいる。桟橋の旗がはためき、かれ葉やお菓子の包み紙が舞っている。

ザ・フロントを歩きながら、ステラはベンを探したが、ベンも教授も姿が見えない。桟橋には、ほとんど人がいなかった。浜の小石に白波が打ちよせる。桟橋の向こうで、漁師たちが船を浜の奥まで引っぱりあげている。

難破船の記念碑まで行くと、エイダは灯台のかげに車いすを止めて、ディリヴァランスおばさんの毛布やショールをなおした。それから車いすの方向を変え、強まる冷たい風に向かって歩きだした。海の上に黒い雲がもりあがってきた。ギザギザの稲光が見え、雷がとどろいたので、ステラはビクッとした。腕を体にまきつけ、水をはねあげながら、エイダやおばさんたちのあとについていく。

ちょうどホテルについたとき、雨がふりはじめた。どしゃぶりの中、ブレンキンソップ氏とホテルの使用人が一人かけつけて、玄関前の階段でエイダがディリヴァランスおばさんの車いすをあげるのを手伝ってくれた。

自分たちの部屋の階までエレベーターであがる。いつものように、エレベーターがあがりはじめると、ディリヴァランスおばさんはくちびるをぎゅっと結び、テンペランスおばさんは目を閉じ、コンドレンスおばさんはおなかをおさえてうめくような声をあげた。ステラはエレベーターに乗るのが好きだった。階段をのぼるよりずっといい。カラカラ、シューという音が好きだし、のぼる感覚も好きだ。中身だけ残して、体がうきあがるようなのだ。

「四階です、マダム」

ジェイムズがブレーキレバーを引っぱった。蒸気がシュッと出て、エレベーターが止まった。ジェイムズは、ドアとうずまき模様の金属製のゲートをあけ、エイダが車いすを外に出すのを手伝う。

部屋のドアが開いていた。エイダが何かつぶやき、ドアをあけた。鍵がこわされている。

エイダはパーラーに二歩入ると立ち止まり、のどをおさえた。

「ああ、なんてこと！　泥棒！」

11

泥棒

ステラはエイダやおばさんたちについてパーラーに入っていった。部屋があらされている。家具がひっくりかえり、装飾品がこわれ、ピアノの楽譜はやぶれ、床に散らばった花がふみつけられている。

「助けて！　泥棒！」

エイダがさけびながら廊下にとびだしていった。

テンペランスおばさんは何度も悲鳴をあげ、コンドレンスおばさんはハアハアいいながら胸をおさえ、ひっくりかえったいすによりかかった。そのいすがたおれたので、おばさんは床にころがる。

ディリヴァランスおばさんがさけぶ。

「エイダ！」

「エイダ！」

ステラはこっそりとパーラーをぬけて、おばさんたちの部屋に行った。テンペランスおばさんのベッドが壁から引きはなされ、洋服ダンスがあけられ、外に服が山積みになっている。宝石、ブラシ、装飾品が床に散らかっている。

テンペランスおばさんのキラキラしたトカゲの形をしたブローチが落ちている。その横に角に真鍮がついた緑色のベルベットの表紙のアルバムがあった。何枚か写真が落ちている。好奇心にかられてステラはしゃがみこんだ。最初に手にした写真は、小塔や煙突がたくさんある暗い色をした大きな屋敷が、わきあがる雲を背にそびえたっていた。屋敷の前では若いころのディリヴァランスおばさんが、毛なみのいい馬にまたがってこちらをにらんでいる。ステラはその写真を裏がえしてみた。裏の文字がうすくなっている。D、ワームウッド・マイア。

もう一枚の写真はテンペランスおばさんとコンドレンスおばさんで、黒い服を着て、暗い顔をして、布をかけたつぼの両側に立っている。裏側には同じ字でT&Cと書いてある。

三枚目の写真は、同じ暗い色の屋敷の前に、若い女性がいる。横に乳母車があり、赤ちゃんが二人乗っている。二人とも丸い、おどろいたような目でこちらを見ている。裏にはP、S&L、ワームウッド・マイアにて、と書いてある。ステラは指をかんだ。ママの名前はペイシェンスだった。Pはペイシェンスのことかもしれない。Sはステラかも。自分はこの二人の赤ちゃんのうちの

一人だろうか？　じゃあ――。

パーラーにだれか入ってきた足音がして、ディリヴァランスおばさんがどなりはじめた。ステラはそくざに立ちあがった。おばさんたちの部屋にいるのを見つかってはいけない。写真を持って、急いで足音をしのばせて自分の部屋に行く。

ここも、めちゃくちゃにあらされていた。ベッドがひっくりかえされ、寝具は引きさかれ、マットレスは三、四回切りさかれて羽毛がとびだしている。洗面台はたおれ、水差しは割れ、洋服ダンスのドアがあいていて、服がさけて床にほうりなげてある。

紙が散らかっている。ステラは息を飲んだ。地図帳がバラバラになっている。ふるえる手で、ぬれてくしゃくしゃになったページを集め、だきしめる。表紙は洗面台の下の水たまりの中だった。ステラは表紙をひろいあげ、ほかのページと重ねあわせると、必死で安全なかくし場所を探した。

洋服ダンスの上の方に、うずまき模様やブドウの房の彫刻がほどこされたコーニスという突出部がある。ステラはひっくりかえったいすを立てなおし、洋服ダンスまでおしていった。いすに乗

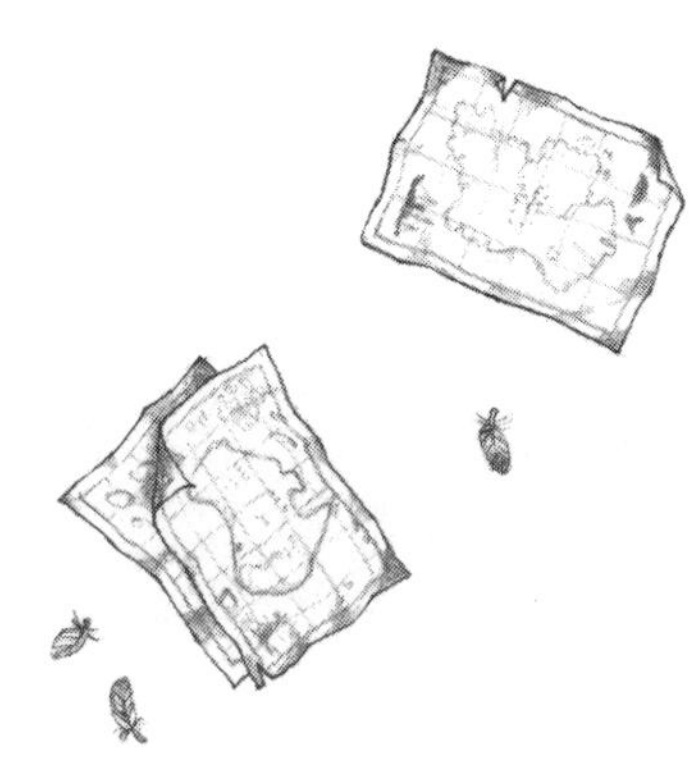

り、つま先立ちして手をのばし、バラバラになった地図帳のページを重ねたものをコーニスの後ろにかくした。ここにかくしても、メイドがそうじのときに見つけるだろう。今のところ安全だが、今夜、温室にあるビスケットの缶にもどさなくてはならない。

心臓がドキドキする。これは教授のしわざだ。きっとベンに幻視させたのだ。ベンはステラが銀のびんをマットレスの下にかくしたのを見た。だから、教授は手下に探させたのだ。どこを探せばいいか知っていたのだから。だが、手おくれだった。もうびんはマットレスの下にはない。首にかけた袋の中だ。

背中がゾクゾクする。まるで後ろから教授に見られているような、考えていることをのぞかれているような気がする。

二十分後、まだ体をふるわせながら、ステラは立って、雨が流れ落ちるパーラーの窓を見ていた。ホテルの使用人たちが部屋をかたづけている。おばさんたちはお茶を飲み、ホテルのオーナーの

フォーテスキュー氏はディリヴァランスおばさんにどなられている。

フォーテスキュー氏はぴょこんと頭をさげ、手をこすりあわせながらいった。

「もちろんでございます、マダム。おっしゃるとおり。申しわけございません、マダム」

「こんなことが起こるなんて、とんでもないことです。ホテルに泥棒が入るなんて。二度も」

ディリヴァランスおばさんがきつい声でいう。

「そのとおりですとも、マダム。おいかりは当然です。本当に申しわけございません」

大工が錠をなおし、エイダとポリーは家具をもとどおりにしている。ホテルのメイドが四人で、ステラの切りさかれたマットレスを運びだしている。とびだした羽毛がパーラーにただよう。

テンペランスおばさんがまた悲鳴をあげ、のどに手をやった。

コンドレンスおばさんも息を飲んだ。

「なんという」

ステラは深く切りさかれたマットレスを見て身をふるわせた。教授は次に何をするだろう?

ステラは胸の、フィルバート氏の包みがかくされている場所に手をあてた。ベンは包みが今どこにあるのか教授にいうだろうか？　どうしたらいいだろう？　ベンと話したことをおばさんたちにいいたくない。きっとしかられる。けれど、話さなければならない。教授は危険すぎる。

「ディリヴァランスおばさん――」

ディリヴァランスおばさんはフォーテスキュー氏をしかりつけるのをやめて、

「おだまりなさい」

とステラにいった。

「お願い、わたし――」

三人のおばさんは顔をしかめた。

「口をはさんではいけません」

ディリヴァランスおばさんがいった。

「子どもは見守るべきであって、話を聞いてあげるべきではない」

テンペランスおばさんがいった。

「そのとおりです」

と、コンドレンスおばさんはテーブルを指さした。

「そこにおすわりなさい。何もいわないで、自分のお裁縫(さいほう)をしなさい」

「でも――」

「おだまり！」

ディリヴァランスおばさんの雷(かみなり)が落ちた。

ステラは口を開いたが、何かいう前にディリヴァランスおばさんがいった。

「話しかけられるまで、だまってお裁縫をしなさい」

ステラはぶちまけられたライティングデスクのあたりから裁縫箱をひろい、なみだをこらえながらテーブルに持っていった。ふるえる指で絹糸の束をほどきはじめる。

おばさんたちはまたフォーテスキュー氏をにらみ、ディリヴァランスおばさんがもう一度ロンドンから刑事をよぶように要求した。フォーテスキュー氏はおじぎをして、わかりましたといった。

ステラは絹糸を順番にならべ、お手本のしわをのばした。これはほとんど泥棒の影響を受けなかった。ため息をつき、針に糸を通し、みじめな気持ちでお裁縫をはじめた。

おばさんたちは助けにならない。自分でやらなければならない。


その晩、ステラは真新しいマットレスの上にすわり、羽毛布団にくるまりながら、地図帳のページをもとどおりの順番にしていた。

おばさんたちはベッドに入っていびきをかいているが、使用人たちはまだ働いている。エイダがパーラーのカーペットについたインクをふいている音がする。フィルバート氏のことをさぐるのと、温室に地図帳をかくすために、ホテルの中を歩きまわるには早すぎる。

地図帳の間に、テンペランスおばさんのアルバムから落ちた、女の人と二人の赤ちゃんの写真をはさんである。ステラが写真の三人の顔を見つめると、写真の人たちも見つめかえす。三組の丸いおどろいたような目。赤ちゃんたちはそっくりだ。二つの白い顔には、レースの帽子からはみだしたやわらかい髪の毛がこぼれている。ステラがこの赤ちゃんの一人だという可能性はあるだろうか？　写真に写っている女性は小柄で、弱々しく、不安そうな顔をしている。やせた顔にふつりあいなほど大きい目。ママだろうか？　裏がえしてまた読む。Ｐ、Ｓ＆Ｌ、ワームウッド・マイアにて。もしＳがステラでＰがママのペイシェンスなら、Ｌはなんだろう？　姉妹かもしれない。

ステラは写真をロウソク立てに立てかけ、地図帳にもどった。ページはぬれてしわくちゃだ。ページのしわをのばす。東トルキスタン、シャム、仏領コンゴ、ソシエテ諸島。ページを最初からならべはじめる。

――ザンジバル島は肥沃でクローブ（香味料の一種）が有名である――

ステラはていねいにザンジバル島のページをのばし、昼食に出た、まずいミリタリー・プディングに

入っていたクローブはここから来たのだろうかと思った。ニューサウスウェールズのやぶれたページをのばす。

「エミューには髪（かみ）の毛（け）に似（に）た羽があり、とてもすばやく走ることができる」

ステラがささやくように読むと、写真の人たちは、大きな目でステラを見つめかえす。

まだ雨がふっている。おばさんたちはいびきをかいている。パーラーの時計が十一時を打った。

それから十二時。ロウソクが短くなっていく。とうとうステラは地図帳の最後のページをのばし、束ねたページを表紙の内側に入れた。写真をもう一度見てから、地図帳にはさむ。それから地図帳を小包みのようにリボンで結んだ。

ベッドから出て、ドアに耳をあてる。静かだ。

ねまきの上に厚手（あつで）のフェルト地のガウンをはおり、室内ばきをはいた。フィルバート氏の包みは首にかけてある。地図帳を持って、ロウソクを消し、エイダの部屋の鍵（かぎ）でドアをあけた。

とても暗かった。おばさんたちは、ぐっすり眠（ねむ）っている。

ステラはしのび足でおばさんたちの部屋をぬけ、パーラーにすべりこんだ。

12

夜の菜園

ホテルの中は暗くて静かだった。下の方からささやき声が聞こえてきて落ちつかないし、ドキドキする。表階段に行き、そっと下を見る。ブレンキンソップ氏はフロントデスクで夜勤の使用人と小声で話している。玄関のドアを指さすと、使用人がちゃんと鍵がかかっているかどうか確認しに行った。

ステラは手すりのかげにかくれ、裏階段に向かう。階段をおり、三階の廊下をフィルバート氏の部屋に向かう。

前の方から静かな足音が聞こえてきたのでギクッとした。かびくさい、はく製のキツネが小さなテーブルにのっている。ステラはよつんばいになってテーブルの下にもぐりこみ、地図帳をだきかかえ、息を殺してかげに身をひそめていた。足音が近づいてくる。

ホテルのポーターの一人だ。ステラは石のようにじっとして、ブーツが通り過ぎるのを見ていた。足音が聞こえなくなるまで待ち、テーブルの下からはいだして、フィルバート氏の部屋に向かう。ドアに鍵はかかっていなかった。中に入り、そっとド

アを閉める。カーテンは閉まっておらず、窓からのぼんやりした明かりで、部屋に何もないことがわかった。ベッドの寝具ははぎとられているし、タンスの中は敷紙が丸まっているだけだ。

ステラは空っぽの部屋で考えた。フィルバート氏の荷物はどこにいったのだろう？　警察が持っていったのだろうか？　あるいは、どこか倉庫に入れてあるのだろうか？

数か月前に、ホテルの裏にある菜園の向こうのごみ捨て場でこの地図帳を見つけたことを思い出した。部屋をかたづけたメイドが持ち物をあそこに捨てたかもしれない。

ステラは廊下に出て、階段で一階におりた。廊下のはずれにあるベーズドア（フェルトに似た布を貼ったドア）をあけ、そっと中に入ると、キッチンをしのび足で歩く。タイルの床の上でステラの室内ばきは音をたてなかった。キッチンは広くて、がらんとしていて、暗かった。みがきあげられた大きな鍋が、上の暗がりからぶらさがっている。蒸気を通す管がシュッ、カタンと音をたてる。時計が時をきざみ、大きなオーブンのひとつで石炭の火がはじけた。

何かが足にふれたので、ビクッとした。暗やみから二つの光る目がステラを見あげている。キッチンで飼っているネコだ。ステラは弓なりになったネコの背中をなで「こんばんは、ネコちゃん」とささやいた。ネコはのどを鳴らし、頭をステラの足にこすりつける。

テーブルの上にロウソクとマッチがあった。ロウソクに火をつけ、真鍮のロウソク立てに立て、通路を進む。食器洗い場を通り過ぎ、菜園へのドアに行く。ネコがついてくる。ドアの上と下にはかんぬきがかかっていた。上のかんぬきはかんたんにはずれたが、下のかんぬきはかたかった。ロウソクと地図帳をおいて、両手でかんぬきを動かす。キーッと音をたてたので、こおりついて耳をすます。だれかが起きたのではないかと心配したが、何も音は聞こえない。

ステラはロウソクと地図帳を持って、ドアをあけた。外は寒くて、暗くて、雨がふっていた。片側には洗濯室があり、片側には菜園の高い塀がある。

ステラはどうしようかまよった。予想していたよりずっと、夜は大きくて、暗かった。ベッドにもどったほうがいいかもしれない。一瞬、そうしようと思った。が、おばさんたちが見はっている昼間にぬけだすのはむずかしそうだ、と思いなおした。それに、明日、ごみを燃やすかもしれない。今しかチャンスはない。

温室でお気の毒なフィルバート氏が亡くなって横たわっていたことを、わすれてはならない。ステラは深く息をすいこみ、地図帳を胸にかかえ、ロウソク立てをしっかりにぎり、雨のふる暗やみに足をふみだした。

ネコが興味があるかのように鳴き、ステラについてくる。菜園の壁にある門をくぐった。

菜園には黒い影があふれていた。ワラや麻布をかけた冬野菜、通路の横には背の高い芽キャベツがならんでいて、まるで麻布を着て背中を丸めたおじいさんたちのようだ。ステラはその前をしのび足で通り過ぎる。雨がしたたっているリーキやルバーブやキャベツのそばを通り過ぎ、こぶしほどもある、かれてたれさがった頭状花（ブロッコリーなどのように小さな花が集まったもの）の下をくぐる。ぬれた葉に雨があたっている。近くで足音がした。ステラはドキッとして暗やみを見つめたが、何も見えない。

「キツネかもしれない」

ステラはネコにささやき、足を速める。菜園のはずれ、温室がならんでいる向こうに、ごみの山が暗い影になっていて、ぬれた馬とくさった野菜のきついにおいがする。ロウソクの炎にてらされて、カビの生えたワラや、ぼろ布や、くさったキャベツの葉や、こわれた籐のかごが見える。そして――。

ステラはごみの山の上に死体があるのを想像してゾッとした。ロウソクを高くかかげる。手がふるえて、炎がゆれた。それは玄関ホールに横たわっていた、あのかかしだった。ふるえる足で二歩近づく。ほうりなげられたせいか、かかしはこわれて、バラバラになりかけていた。あおむけで、腕を広げ、首をまげ、顔がこちらに向いている。小枝や葉が点々と落ちているので、どこを引きずられてきたのかがわかる。一瞬、顔が動き、頭があがって、向きを変えたのを見たような気がした。だが、それはロウソクの炎が、ぬれて、ねじれた枝をてらしたからだった。

ステラは深呼吸してかがみこみ、ロウソクの炎をかかしの顔に近づけた。まだ形がわかる。ほお骨、鼻、あご。フィルバート氏のことを思い出した。うすい青い目、顔の骨の上にむりやりのばしたようなひふ。このかかしはお気の毒なフィルバート氏なのだろうか？　そんなことがありえるだろうか?

　かかしの片腕がステラの方にのびていて、手をにぎったような形をしている。ステラがドキドキしながらかかしの手にふれると、小枝が動き、手を開いたような形になった。ステラはおどろいて、ロウソクを落としそうになった。

　かかしの手のひらに小枝がのっていた。

ステラはそれを取り、ロウソクの炎にかざした。

小枝は五、六センチの長さで、先に小さな、まだ開いていない葉がついていた。

　足音がしたので、心臓が口からとびだしそうになった。

小枝を、地図帳をしばっていたリボンの結び目におしこんで、立ちあがる。

だれかがせきをした。

キツネではない。

使用人が目をさまして、ロウソクの明かりに気づいたのかもしれない。

ロウソクをふき消すと、あたりが暗やみに包まれた。じっと耳をすます。雨の音しか聞こえない。動かなければならない。温室の角の向こうで、ぬれたレンガの通路がかすかに光っている。ステラは深呼吸をして、足早にホテルにもどりはじめる。

近くで、さらに足音が聞こえた。ステラはふりむいて、しとしと雨がふるやみに目をこらす。何も見えない。小走りになりながら菜園をかける。もうすぐだ。

とつぜん、足音が背後に近づいた。ふりむいて、悲鳴をあげようとした。ランタンの明かりがステラの顔をてらし、目がくらむ。声が聞こえた。

「こいつだ。このガキだ」

厚い毛布が頭からかぶせられ、あらあらしい手でかかえあげられた。ステラはもがき、声をあげようとする。

あのネコがかん高く鳴いた。

男がののしり声をあげる。

ステラはさけぼうとしたが、口が、ゴワゴワした馬のにおいがする毛布でおおわれていて、息ができない。目がまわり、意識が遠のいて、気を失ってしまった。

13

さらわれた

ステラは目をさました。あたりは真っ暗だ。体がぬれていて、寒い。かたい物の上に横向きに寝かされている。ゴワゴワのくさい毛布できつくくるまれている。息が苦しい。体がゆれている。馬のひづめ、石畳の道を走る車輪の音がする。腕と足が動かせない。おなかのあたりと足のあたりにロープがまかれているようだ。もがいたが、動けない。こんなにこわい思いをしたことはない。

すぐ上の方から、かすれたささやき声が聞こえた。

「このガキを直接、教授のところにつれていくのか？」

「いや、そうもいくまい。もう真夜中過ぎだ。教授はフラナガンズで寝ているだろう。宿のやつらを起こすわけにいかないだろ」

「金貨を一枚くれる、と教授はいったぜ、スカトラー」

「わかってる、チャーリー。金貨が手に入る。ガキをどこか安全なところにおしこんどこう。声のとどかないところにな。しばりあげたガキを座席の下におしこんでいるような荷車に乗っていたくないぜ。町にはサツがいるからな」

ドキドキする。聞きおぼえのある声だ。フィルバート氏が亡くなったとき、教授といっしょにホテルの中を探していた仮面の男たちだ。おばさんたちと午後の散歩に行ったとき見た、口笛をふいていた男を思い出した。うす茶色のひげを生やしたあやしげな男だ。見おぼえがあるような気がしたが、思い出せなかった。今、泥棒のかたわれだと思い出したが、ておくれだ。やつらはホテルを見はっていて、ステラの部屋でフィルバート氏の包みを探したが見つけられず、次の機会を待っていたのだ。そして、ステラは、そのふところにとびこんでしまった。なんて、バカだったのだろう。

「どこにおしこめとく？」

二人目の男はステラが聞き取れない声で何かいい、馬にシッシッと声をかけた。馬具が音をたて、荷車は向きを変えて坂をくだっていく。浜の小石にあたる波の音が聞こえる。どこにつれていかれるのだろう？

荷車がゆれて、止まった。

「客引きに見はらせとけ」

「ジョージいさんか？　ビールをかっくらって、寝てるだろう」

しばらくして鍵の音がし、門をあけるような金属の音がした。ステラはかかえあげられ、運ばれていく。もがいて声をあげようとするが、ゴワゴワした毛布のせいで、息が苦しい。

「このうるさい娘を閉じこめておけ」

回転式木戸のカラカラという音がし、男たちが桟橋の板の上を歩く足音がする。氷のような風の中で、毛布はしめって冷たい。数分後、また鍵をまわす音がして、ドアがあき、中に入ると、閉まった。階段をのぼり、角をまがり、また階段をのぼり、べつのドアがあき、ドサッと落とされた。ロープが乱暴にほどかれ、毛布が取りさられた。ステラは目をしばたかせた。ランタンの明かりに目がくらみ、頭がぼうっとする。さまざまな物がおかれた小さな部屋にいた。ほとんどの物に、ほこりよけの布がかかっている。いたるところから顔がステラを見ている。ギョロ目で舌がだらりとたれた大きな仮面がこっちに向いている。絵にかかれた巨大なかがやく太陽がウインクしている。複雑な機械仕かけの馬が、積み重ねられた荷造り用の箱によりかかっている。ステラはまばたきをした。目がチクチクして、頭がクラクラする。

二人の男が見おろしていた。ステラはヨロヨロと立ちあがる。

「な、何がほしいの?」

「教授の大事なもんをかくしたろう。おりこうだから、どこにかくしたのか教えな」

小柄な男がいった。

ステラは声のふるえを止めようとした。

「おばさんたちが、わたしがいないことに気づいたら、おまわりさんをよぶわ」

「どこにあるのか教えたら、帰してやる。そしたら、すぐにあったけえベッドにもぐりこめるぞ」

ステラは首をふった。

「いえないわ」

「話してもむだなようだな。教授をよんでくるから、あれがどこにあるか教授にいえ。そしたら、チャーリーとおれは金貨がもらえる。さもないと、すまきにして海にほうりこむぞ。かしこくなれ。暗い中でようく考えとけ」

そういって仲間に合図した。

「行くぞ、チャーリー」

ドアが音をたてて閉まり、足音が遠ざかっていった。

ステラは一人だけになった。

風変わりな物たちが、暗やみから自分を見つめているのを感じる。毛布の上にすわりこみ、ひざをかかえて、ふるえる。最悪だ。本当に自分をしばって海にしずめるつもりだろうか？　ステラは冷たい海にしずんでいくことを想像した。おぼれたくない。

でも、銀のびんをわたしたとしても、本当に解放してくれるのだろうか？　教授はフィルバート氏を刺した。自分もそうなるのでは？　教授は人殺しをなんとも思っていない。

ステラはガウンの下にぶらさげている小さな袋をにぎった。フィルバート氏に、守ってくれとたのまれて、そうすると約束した。でもどうやって？　男たちは、教授をつれてすぐにもどってくるだろう。びんを取られたら、ステラにできることはない。

なみだがあふれてきた。

朝になってステラのベッドが空だとわかるまで、おばさんたちはステラがいないことに気がつかない。気がつくまで何時間もある。助けは来ない。一人ぼっちだ。

なみだがほおをつたう。ステラは体をふるわせて、暗やみの中で毛布に手をのばすと、なじみの物にふれた。地図帳だ。いっしょにつかまったのだ。ステラは地図帳をだきしめた。かびと古いぬれた紙のにおいになぐさめられる。表紙をなでていると、勇気がわいてきた。鼻をすすり、目をこする。何かできることがあるはずだ。

目が暗やみに慣れてきた。ぼんやりと物の形やドアの形がわかる。

立ちあがって、手さぐりでドアノブを動かしてみたがだめだった。鍵がかかっている。

あたりを見まわした。反対側の壁の高いところに、四角い物がぼんやりと光っている。窓だろうか？　ソロソロと部屋を横切ると、荷造り用の木箱に手がふれた。それにのぼる。さらにその上の箱によじのぼると窓にとどいた。かけ金を探し、あける。

うす明かりが入ってきた。体をのばして、窓から顔をつきだす。外は寒かったが、雨はやんでいて、雲のすきまから月が見える。左側には暗やみしか見えないが、右側には桟橋のガス灯やウイザリング・バイ・シーの町の明かりが見える。

　ここは劇場(げきじょう)の中だ。散歩のとき、ザ・フロントから劇場を見て、白いドームや風にはためく色とりどりの旗をうっとりと見ていた。劇場は海につきだした桟橋のはずれにある。ずっと劇場に来てみたかった。けれど今は、その中に閉(と)じこめられているのだ。

　窓は劇場のはしの高い場所にあるらしい。小さい窓だが、通りぬけられるかもしれない。でも、それからどうしよう？　さらに体をのばして下を見た。ずっと下の方で、桟橋の細長い脚(あし)に黒い波があわだっている。水は黒くて冷たそうだ。ステラはつばを飲みこんで、窓枠(まどわく)をつかんだ。クラクラする。

　六メートルぐらい下、海のすぐ上に、せまい鉄製(てっせい)の歩道がある。海草が引っかかっていて、すごくすべりやすそうだ。窓からはいだして、ロープでおりることができるだろうか？　もしすべったり、ロープから手をはなしたりしたら、海に落ちてしまう。ステラは泳げない。波が打ちよせる歩道を見つめていると、胃(い)が痛(いた)くなってきた。

ステラは窓から身を引き、下におりた。自分をしばっていたロープを見つけ、腕にあてて長さをはかってみた。長さが足りなそうだ。

地図帳をひろい、だきしめる。月明かりは暗くて、字が読めない。いつも地図帳から勇気をもらっていたのに。北アメリカの地図がのっているページを思い出した。鼻のとがった、しっぽをまげた、するどい歯の動物の絵があった。

――オポッサムはとてもかしこい動物だ。追跡者に取り囲まれると、敵をだまして逃げる――

ステラもオポッサムのようにかしこくならなくては。

持ちやすいようにロープを輪にして、また窓によじのぼった。ロープを窓のかけ金にしっかり結び、残りを窓の外にたらす。ロープのはしは、歩道のずっと上までしかとどかない。

ステラはまた下におり、地図帳をかかえ、しのび足で、おそろしいギョロ目の仮面の後ろに行った。ほこりよけの布を上げると、台車に乗った大きなはりこのゾウがあらわれた。下には、車輪の間にかくれられるスペースがあった。ステラは地図帳を持って、車輪の間にもぐりこみ、ほこりよけの布をおろす。これで、だれからも見えない。

ステラはじっと待った。

14

カブトムシ

　ステラは、ほこりっぽい木の床にほおをつけ、暗やみの中に横たわっていた。外の海の音、劇場の建物がきしんだり、うなるように鳴ったりするのが聞こえる。とても寒かった。ガウンを着て室内ばきははいているものの、ふるえてしまう。足が氷のようだ。足音や声や、遠くから何かがほえるような音楽が聞こえるような気がしたが、だれも来なかった。うとうとしはじめた。鍵がまわり、ドアが開く音で、ビクッとして目がさめた。

「ガキはここです、教授」

「よくやった」

　聞きおぼえのある、静かな声だ。ステラは息を殺した。ほこりよけの布を通してランタンの明かりが見える。

「どこに――」

「しまった！　逃げやがった。追いかけろ！」

「つかまえろ！　窓から逃げたんだ」

　明かりがゆれ、大きな足音が部屋にひびく。だれかが荷造り用の木箱にのぼっていくような音がする。ガシャンという音、木が裂けるような音、ころがるような音がし、ののしり声が聞こえた。

「足をひねっちまった」

「窓からロープをつたっておりたんだ。下は桟橋だ」

「おまえたちが逃がしたんだ」

静かな声は、いかりをふくんでいる。

「あんな小さい窓から逃げるなんて思いませんでした、教授」

「また、へまをしたな。急げ――おまえは、その毛布を持ってわたしといっしょに来なさい。もう、逃がさない。おまえは、ほかの者を集めてきなさい。それから少年も」

バタバタする音、ドアが閉まる音がして足音が遠ざかっていき、部屋はまた暗くなった。ステラはじっと横たわったまま、ゆっくりと十まで数えた。それから、男たちがいなくなったのをたしかめるために二十まで数えた。

ほこりよけの布をあげて、台車の下からはいだす。足がこおりついて、ふるえている。ギョロ目の仮面をまわりこみ、しのび足でドアに向かう。鍵はかかっていない。外はほこりだらけの長い廊下だった。ドアがならび、芝居のビラが貼られている。ステラは廊下に出てドアを閉め、ひっそりと歩く。廊下のはずれには、下につながる木製のらせん階段があった。建物がきしむ音がし、かすかに海の音もする。べつの暗い廊下に入る。たくさんの箱、たる、壁にずらりとかけられた衣装を通り過ぎると、せまい階段があった。手さぐりでソロソロと階段をおりる。

階段の下は広い部屋だった。暗い中に管やバルブや機械のシルエットが見える。複雑にはられたロープや滑車や、機械仕かけの巨大な海のモンスターの間を通りぬけると、べつの階段があった。梁やロープやぶらさがっている砂袋をよけながらのぼっていく。せまいドアをあけると、バルコニー席だったのでおどろいた。下の方に舞台があって、赤いビロードの席がならび、上にはアーチや金メッキをした天使、星のかざりがたくさんある。

美しかった。中央のドーム型天井の色ガラスの窓から青白い月の光が入ってくる。大理石の柱、金色の花かざり、ふっくらした智天使……。優雅にまがった真鍮製のガス灯が暗がりでかがやいている。葉巻とオレンジのかおりがあたりにただよっている。

ステラはしのび足でカーブしたバルコニー席を歩き、スイングドアをおしあけた。大理石のアーチや柱が上にのび、広い階段が下につながっている。階段上の、ガス灯を持った大理石の女性像のそばからのぞきこむと、ガラスのドアごしに入ってきた月の光が、モザイクの床をてらしているのが見える。

――あそこから出られる――

ステラは階段をおりはじめた。

そのとき、とつぜん、声が聞こえ、ランタンの明かりがゆれ、ガラスのドアがあいた。四、五人の手下をしたがえて教授が入ってきた。ステラは階段をまたかけのぼり、大理石の女性像の後ろにしゃがみこんだ。ドキドキする。

教授が話している。静かだが、おこっている声だ。

「……子どもにだまされるとはな。あの女の子に。ロープは下までとどいていなかった——めくらましだった。そんなものにだまされるとは」

だれかがくしゃみをし、モゴモゴいう声が聞こえた。

「おれ、海に落っこっちまったよ……」

ステラはソロソロと顔を出してみた。教授がふりむきざま、男を杖でたたくのが見えた。さけび声がする。

「おまえの失態だ、バカもの。少年はどこだ？」

くぐもった声が返事すると、教授がいった。

「逃げた？　遠くまで行ったはずがない。追いかけろ。つかまえてつれてくるんだ。おい、あの箱を」

男の一人が真鍮のついた寄せ木の小さな箱をさしだした。

教授は懐中時計の鎖についている鍵で箱をあけた。

ステラは身を乗り出して下をのぞく。

その箱は内側に青いベルベットの生地がはられている。教授は箱の中から、小さくて黒い金属のような物を取り出した。黒いカブトムシに見える。

それから、教授は箱から銀色のドライバーを出し、カブトムシにさしこんで、まわした。カチッ。カブトムシのつやつやしたこうらの部分が開き、ピカピカのぜんまい仕かけが見える。

「あの毛布を」

教授が指を鳴らした。男が、ステラがくるまれていた灰色の毛布をさしだす。

教授はドライバーを箱にもどし、銀色のピンセットを出した。ランタンを持っていた男に合図して、近くに持ってこさせた。毛布を調べる教授の緑色のめがねにランタンの明かりが反射する。

「よし」

教授はピンセットで毛布の表面から何かをつまみあげた。

「これだ」

ランタンの明かりを受けてひとすじのうす茶色の髪が光った。教授はその髪をクルクル丸め、カブトムシの中に入れると、こうらを閉めた。ピンセットを箱にもどし、銀色の鍵を手にした。

「まちがいなく、この劇場の中にいるはずだ」

教授は鍵をカブトムシにさしこみ、時計のねじをまくようにまわした。

「わたしはここに残って、このドアと楽屋口を見はる。ほかに出口はないから、逃げられない」

教授は鍵を箱にもどした。

カブトムシの羽がパチンと音をたてて開いた。ブーンという音をたてて飛びあがり、教授のてのひらの五センチくらい上にういている。

「もしかくれているのなら、これが見つける。ついていけ」

カブトムシはあたりのにおいをかぐように、部屋をぐるりと飛んだ。もう一度まわる。飛び方は不規則だが目的があるように見える。しばらく一か所にうかんでいたが、決断したように階段の方向に飛んでくる。

ステラは逃げた。

スイングドアを通って観客席に行く。バルコニー席をかけぬけ、つきあたりのドアから出、暗い階段をかけおりる。

階段の下は、さっきの、舞台の下にあるロープや機械仕かけのある広い部屋だった。追いかけてくるカブトムシの音がすぐそばに聞こえる。それに、男たちの声や大きな足音も。

あちこちに影のある部屋で、大きな道具をよけ、巨大な機械仕かけの海のモンスターの後ろを通ると、壁にかけられた木のはしごがあった。ステラは地図帳をかかえたまま、できるだけ静かに、すばやく、はしごをのぼりはじめた。上には、ロープや滑車の間にせまくて不安定な通路がわたしてあった。下からドスドスという音、ののしる声、大きなくしゃみが聞こえる。見おろすと、ランタンがはげしくゆれていて、黒い人影が行きかっている。

通路を進むと、またはしごがあった。そのはしごをおり、ドアをあけると暗い廊下に出た。また、近くでブーンという音が聞こえた。ステラはおどろいて、しゃがみこむ。カブトムシが耳もとをかすめていった。

ドアをあけようとしたが、鍵がかかっていた。次のドアにかけより、ドアノブをゆする。ここにも鍵がかかっている。次のドアにも鍵がかかっていた。カブトムシがステラの頭の片側にはげしくぶつかった。ステラは悲鳴をあげて、地図帳でたたく。

息を切らしながら、次のドアに行き、ドアノブをひねった。あいた。明かりがついていて、だれかがいびきをかいているのに気づいたが、引き帰せない。一瞬立ち止まると、カブトムシがほおにぶつかってきた。ステラはこわくなって、やみくもにたたく。カブトムシが、また顔にぶつかった。地図帳をふりまわして、たたく。カブトムシは壁に激突し、床に落ちた。ブーンという音が弱まり、止まった。

ステラは部屋にかけこんで、静かにドアを閉めた。息を切らしながら、背中をドアにもたせかける。

ランプがついているし、小さな炉の中で石炭が燃えている。かごや空のケージが積み重ねられている。プンと魚のにおいがした。いすにすわって、男が眠っていた。小柄で、太っていて、くるりとまいた黒い口ひげをたくわえている。シャツのボタンは首のところではずれていて、ズボンつりにはバラの刺繍がある。ひざにかけた布の上で、大きなトラネコが眠っていた。男の肩の上には白黒のネコ、バイオリンの横の小さなテーブルにはべつのネコが寝そべっている。あちこちでネコが寝ていた。ネコがのどを鳴らす声が部屋にあふれている。

コツ、コツ。

外の廊下でまたブーンという音がしたので、がっかりした。音がして、止まる、を何度かくりかえしたあと、連続して鳴りはじめた。カブトムシがはげしくドアにぶつかる。

男が鼻を鳴らして目をさまし、目をこすった。

「ああ？　なんだ？　アヴァンティ（お入り）。だれだ？　入りなさい」

また、カブトムシがドアにぶつかった。

コツ、コツ、コツ。

ステラは部屋のすみにある、ついたての後ろにかくれた。ちょうつがいのすきまからのぞく。

コツ、コツ、コツ、コツ。

15

カペッリ氏とネコたち

コツ、コツ、コツ。

ステラは、ついたての後ろで息を殺している。

男がまたいった。

「入りなさい」

それから何かつぶやき、ひざからネコをおろし、肩にのっていたネコもおろして、立ちあがった。

「イエス、イエス、今行きます」

男がドアをあけると、カブトムシが部屋に飛びこんできて、ケージにぶつかった。一ぴきのネコがカブトムシをたたく。

「ガストーネ！　アッテント（気をつけて）！　それはなんだ？　世界一気をつけなさい！　いやな虫だな！」

カブトムシは不規則なブーンという音をたてながら、いびつな円形に飛ぶ。男はカブトムシをたたこうとして、ケージをたおしてしまった。ケージがガシャンと音をたてて落ちたので、ネコたちがびっくりした。小さな灰色ネコが高くとびあがり、カブトムシをたたく。うす茶色のネコがかごの上からマントルピースにとびおり、皿を何枚かと、ブリキのマグカップをなぎたおし、しっぽをたたきながら、とびあがろうと身をかがめた。

数ひきのネコが、大きな、いかくの声をあげる。

いすの背もたれから、大きなトラネコが前足をのばしてとびあがった。

「ノー、アルフレド！　ノー！」

男が腕をふりまわしてさけぶ。さらに二つケージがたおれた。

空中でトラネコにたたかれたカブトムシは、床に落ちた。

ネコもその横に着地し、カブトムシを口でくわえ、考えこむような顔でかじりはじめた。

「アルフレド！　はなしなさい！　カッティーヴォ（悪い子だ）！」

男はトラネコをだきあげ、口をこじあけた。カブトムシが床に落ちる。カタカタ、ブーンという音がして、静かになった。男はトラネコをおろし、指でカブトムシをつついた。こうらが開いて、小さなゼンマイ仕かけが落ちる。

男は「モルト・ストラーノ（とても奇妙だ）」とつぶやくと、おっかなびっくりというふうにカブトムシをひろいあげ、中から一本の髪の毛をつまみあげてしげしげと見てから、火にくべた。

男はカブトムシをマントルピースにのせると、ドアを閉め、おだやかな歌うような外国語でネコたちに話しかけながら、落ちたケージをひろって部屋をかたづけた。フランス語ではない、とステラは思った。フランス語よりなじみのない言葉だ。

男はいすにもどり、布(ぬの)をさっとはらってから、またひざにかけた。横のテーブルから黒いびんを取り、歯でコルクをぬき、ごくごく飲む。トラネコが男のひざにとびのって二回くるくるまわると、前足をなめはじめた。白黒のネコはまた男の肩(かた)にもどった。

男はびんにコルクをもどし、おなかに両手をのせて、目を閉(と)じた。

ステラが動こうと思ったとき、廊下(ろうか)でドンという音がし、くぐもったののしり声とくしゃみが聞こえた。ドアノブがガタガタいってドアがあいた。

二人の男が入ってきた。ステラをさらってきたスカトラーとチャーリーだ。チャーリーはソーセージのような指でランタンを持っている。さらに二人の男が後ろにいる。一人は足を引きずり、もう一人はあのゴワゴワの灰色(はいいろ)の毛布(もうふ)にくるまり、水をしたたらせて、ふるえている。みじめにくしゃみをした。

部屋にいた男は目をこすって、外国語で何か声をはりあげる。

「カペッリ氏」

スカトラーがおどろいたような声でいった。

外国語を話す男はネコたちのじゃまにならないように気をつけながら背をのばした。

「どうして、わたしを起こすんだ？」

「あなたがここにいると知りませんでした」

「わたしのアルフレドはインディスポスト、つまり、ぐあいが悪いのです」

　カペッツリ氏はひざの上のネコをなでながらいった。ネコは緑色の目をあけ、入ってきた男たちを見つめている。

「だから、わたしは今夜、彼とすわっているのです。しかし、彼は——なんというか——マラタ・ディ・ノスタルジア（ふるさとを恋しがる気持ち）？　だから、ニシンをやって、よくなったのです」

　スカトラーは、

「虫を探しているんです。カブトムシを」

といって、部屋を見まわした。ついたての後ろでは、ステラが息を殺している。

「その虫なら、ここです。これのおかげで目をさましました。ひどい生き物です。わたしのネコにけがさせるところだった！」

　外国語を話す男はマントルピースの上のカブトムシを指さした。

「こりゃあ、教授がカンカンになる」

　チャーリーが、近づいてカブトムシをつついた。カブトムシがカタカタという音を出したので、チャーリーはビクンととびあがった。

「それがわたしのネコたちをおそったのです。世界一ひどい虫だ」

「まちがってネコの毛を入れたのかもしれない」

スカトラーがいった。

「だから、ガキのかわりにネコを追いかけたんだ。それをよこせ、チャーリー」

チャーリーがカブトムシをさしだすと、スカトラーは用心しながら指でつまんでのぞきこんだ。

「髪(かみ)の毛(け)が入ってない」

スカトラーは肩(かた)をすくめ、よごれたハンカチでカブトムシを包み、ポケットにつっこんだ。

「おれたちはガキを探しているんです。小さな女の子を」

スカトラーは外国語を話す男に顔を向けていった。

「ここにはだれもいない」

外国語を話す男は首をふった。

「見てのとおり、わたしとネコだけ」

チャーリーが部屋の奥(おく)まで入ってきた。ランタンを高くかかげて、ケージの山の後ろをのぞく。

ステラは生きた心地もしない。

ケージのてっぺんに寝(ね)ていたうす茶色のネコがいかくする。

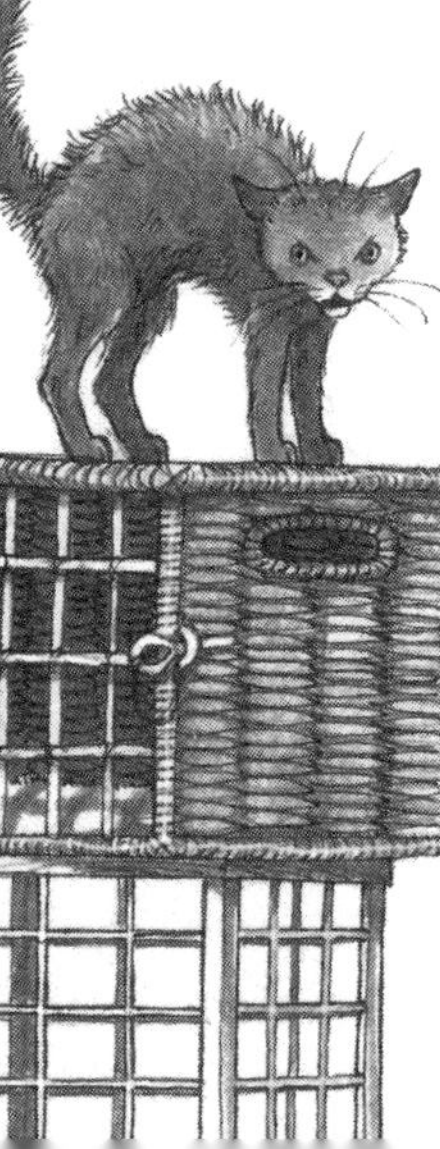

「いい子だ」

チャーリーはびくびくしている。ネコがさっと前足を出すと、チャーリーはとびのいた。

「やめろ！」

「ガストーネ！　ノー！」

外国語を話す男はあわてていった。

「出ていきなさい。あなたたちは、世界一わたしのネコのじゃまをしている。ここにはだれもいない」

「教授（きょうじゅ）にいわれたんです。ガキが教授から何か盗（ぬす）んだんで」

チャーリーはネコにひっかかれたところをなめた。

「どこかにかくれているはずなんです」

「ここにはいません」

外国語を話す男はきっぱりといった。

「こいつがいったように、教授にたのまれたんです。全部の部屋を探（さが）さなければなりません」

スカトラーはおこっているネコをこわごわと見た。ネコは耳を頭にぴったりつけて、またいかくした。べつのネコが鳴いて、毛布（もうふ）にくるまった、ぬれねずみの男をひっかこうとした。男は後ろにさがる。べつのネコがかごにとびあがり、やかんから出る湯気のような音を出した。男たちはたじろいでいる。

「ガストーネ！　フローラ！　ジョルジョ！」

外国語を話す男はさけんだ。

「本当に、出ていってください。ここに子どもがいないのはわかるでしょう」

男たちは気が立ったネコたちからソロソロとあとずさった。スカトラーがいった。

「カペッツリ氏、だれか入ってこないかどうか、よく見ていてください」

「イエス、イエス」

男たちは最後にもう一度部屋を見まわし、ドアをバタンと閉めて出ていった。足音が遠ざかっていく。

外国語を話す男は手のとどくところにいるネコたちをなでながら、おだやかな外国語で話す。ネコたちは落ちついて、のどを鳴らしはじめた。外国語を話す男はいすの背もたれによりかかり、また黒いびんの物をごくごくと飲んだ。それからため息をついて目を閉じた。

男とネコたちが眠ったと思われるころまでステラは待った。念のため、さらに数分待つ。静まりかえったので、ついたての後ろからはいだし、ぬき足さし足でドアに向かう。

ドアに耳をあてる。そんなに遠くないところから声と足音が聞こえる。ひとつのドアがバタンと閉まって、だれかがくしゃみをした。好奇心にかられて、ドアノブをまわす。

後ろで動く気配がしたので、びっくりした。ふりむくと外国語を話す男が目をさまして、笑顔で「待ちなさい」とささやいた。

男はくちびるに指をあてた。ステラは地図帳をかかえたまま、立ちつくす。

男はそっと眠っているネコをどけて、立ちあがった。ドアに耳をあてて外の音を聞く。それからドアをあけた。男とステラは顔を出して暗やみを見る。

しばらくして男はささやいた。

「行ってしまった。もう音が聞こえない。もどってこないでしょう。あんたは安全だ」

男はまたドアを閉め、鍵をかけて、ステラにほほえんだ。

「わたしはオット・カペッリだ。これはアルフレド」

といすにすわっている大きなトラネコを指さす。アルフレドはあくびをして、眠そうな目で友好的にステラを見た。

「ヴィオレタ」

と白黒のネコをさす。

「アニーナ、ガストーネ、フローラ」

七ひきのネコを一ぴきずつ指さす。

「ジョルジョ、小さなグイゼッペ」

ネコたちは金で名前を打ちこんだ美しい革の首輪をしている。カペッリ氏は大きな身ぶりでおじぎをした。

「シニョール・カペッリの訓練されたネコたち。わたしたちは世界一有名だ、イエス?」

ステラは桟橋の入り口に貼ってあったポスターで名前を見たような気がしたのでうなずいた。

「わたしは――わたしの名前はステラ・モンゴメリーです」

といって、つみあげたかごの上にいる小さな灰色ネコのグイゼッペに手をのばした。グイゼッペはステラの指に鼻をくっつけ、目をしばたいて、のどを鳴らした。ステラはやわらかい毛をなでる。

「ステラ。星という意味だね。知っていたかい?」

ステラは首をふった。

「イエス、イエス。わたしの母国の言葉ではそうなんだ。イエス。わたしのネコたちはあんたが好きだ。いいことだ」

「みんなかわいい」

そのとおりだった。ネコたちは丸々として、毛はつやつやで、機敏そうだ。

「イエス、イエス。世界一美しい。それにアーティストだ」

カペッリ氏はバイオリンを持ちあげた。

「見ていてごらん」

いくつかの弦をつまむと、ネコたちはカペッリ氏に顔を向けた。

カペッリ氏はおじぎをして、ステラが聞いたことのない、野性的で動物がほえるような曲を弾きはじめた。ネコたちはきちんとすわり、耳をピクピクさせてカペッリ氏を見る。

カペッリ氏はネコたちにほほえんでうなずいた。

ネコたちは口をあけてうたいはじめた。

16

ネコの合唱

ネコたちの合唱は不思議な音だった。バイオリンのメロディーにあわせて声をあげたりさげたりする。カペッリ氏はにっこりしてうなずき、バイオリンを弾きながら体を左右にゆする。弓が弦を鳴らし、指が踊る。ときどき、一ぴきのネコが高い声や大きな声を出したり、長くうたったりすると、カペッリ氏はいう。

「シ、アルフレド。イエス、イエス。いいよ、ガストーネ。とてもいい。イエス、アニーナ、ベラ・ミア（いい子だ）」

それぞれのパイプからちがう音の出る蒸気オルガンの音みたいだ。とても美しい。音が高くなっていき、曲はおわった。

ステラは手をたたいた。

カペッリ氏はにっこりしてバイオリンをおいた。

「わたしのネコたちはアーティストだろ、イエス？」

といってネコたちをなでながら、一ぴきずつに何かいう。ネコたちはうれしそうにカペッリ氏の顔を見ている。

「いったいどうやって教えるの？」

ステラは聞いた。

カペッリ氏は指を三本立てた。

「やさしさ。忍耐。魚」

クッションを暖炉の前の敷物の上におき、どうぞというような身ぶりをした。

「さあ、ここにすわって。あたたかいよ」

ステラがまよっていると、大きなトラネコのアルフレドが敷物の上にとびおりた。背中を丸めて前足をのばすと、クッションの横に寝ころび、さそうようにステラを見る。ステラはアルフレドの横にすわった。丸いオレンジ色の目の、小さな三毛猫のフローラがのどを鳴らしながらステラのそばに来る。ステラは二ひきのネコをなでた。石炭の火が音をたてる。あたたかくて気持ちがいい。カペッリ氏はマントルピースからエナメル製のマグカ

ップを取り、黒いびんの中身を入れて、ステラにさしだした。

「ありがとう」

オレンジとハーブの強いかおりがする。ステラはおそるおそる口をつけてみた。口とのどがヒリヒリしたが、体があたたかくなった。ステラはもうひと口飲んだ。

「これは何？」

「世界一すばらしいトニックだ」

カペッリ氏はいすにもどり、びんから直接飲んだ。

「胃にとてもいいんだよ。ふるさとサンマルコ島のものだ。聞いたことがないだろうが」

「聞いたことがあると思います……」

ステラは地図帳のリボンをほどき、バラバラになったページを探す。サンマルコは、青い海にうかぶ島のひとつだ。岩だらけの丘にそびえる遺跡の絵がある。ステラは声に出して読んだ。

「オリーブ、オレンジ、イチジク、ザクロが育ち、ブドウが豊富にとれるのでワインとほしブドウに加工される」

ステラがそのページをわたすと、カペッリ氏はその小さな島の地図を見て目をかがやかせた。

「世界一すばらしい！　ここがわたしのふるさとだ」

と指さす。

「金持ちになったら、島にもどって農園を買うんだ。わたしはネコたちとひなたぼっこをする。この国は世界一寒い。わたしには寒すぎる。ネコたちにも寒すぎる」

　カペッリ氏はページをかえした。

　ステラは絵を見た。

「きれい」

「イエス」

　カペッリ氏は目をふいて、もうひと口飲んだ。しばらくして、

「さて、ステラ・モンゴメリー。すべて話してくれ」

と、びんを持つ手を大きく動かした。

「わたし、ここから出なきゃいけないの。家に帰らなきゃ。でも、教授が劇場の表を見はっている。ほかに出口はある?」

　カペッリ氏は首をふった。

「泳ぐしかない」

　ステラは黒い、冷たい波を思い出して身をふるわせた。

「ベーネ（だいじょうぶ）、あの男たちは、あんたを探してる。でも、あんたが見つからなければ、そのうちいなくなるだろう」

カペッリ氏は何かをふりはらうような動作をした。

「ここは安全だから、ここにいなさい。待つんだ。あとでわたしが見てくる。おなかがすいている、イエス？」

ステラはおなかがペコペコなことに気がついて、うなずいた。

「トーストとバターとすばらしいニシンがある」

カペッリ氏は小さな戸棚をあけて、パンのかたまりと、紙に包まれたバターと、スモークしたニシンを出した。パンを切って、トースト用のフォークといっしょにステラにわたした。ステラはしんちょうにパンにフォークをさし、火にかざす。

カペッリ氏はニシンを少しちぎってネコたちにやり、しんけんな口調でいう。

「教授はきらいだ。世界一いやな人だ。わたしは――なんというのかな？　わたしは、あんたを教授に売らない。しかし、教授から盗んだのはよくない。世界一危険だ」

「ううん。わたし、何も盗んでいない。そういうことじゃないの」

ステラはカペッリ氏を見た。フィルバート氏のことを話すべきだろうか？　カペッリ氏は信頼できそうだ。助けてくれるかもしれない。ステラはパンの焼き具合を見て、裏がえした。

「ある人が――ある紳士が、わたしにたくした物があるの。わたし、守るって約束した。でも、教授がそれをほしがっているの」

ステラはまよったが、トースト用のフォークをおき、ガウンの下から小さな袋を出し、包みをあけて、中からフィルバート氏の銀のびんを出した。

「見て」

カペッリ氏はそれを手に取り、引っくりかえしてみる。

「中に何が入っているんだ？」

かすかに、はいずるような音がした。何かがびんの中で動き、壁にうつった影がゆれて、すべるように動く。とつぜん、一ぴきのネコが毛をさかだてたのでステラはおどろいた。

「わからない。魔法に関係があるんじゃないかと思う。昔の」

カペッリ氏は首をかしげながら、しばらくそれを見つめ、「とても古い物だ」といって、ステラにかえした。ステラはびんを包んで、袋に入れると、またトースト用のフォークを持った。

「今夜わたしが帰らなかったら、おばさんたちがすごくおこる」

「たくさんおばさんがいるのかい？」

「三人。崖の上のマジェスティック・ホテルに泊まっているの。わたし、あの男たちにさらわれたの。でも、逃げだした。教授のカブトムシが追いかけてきたの。教授は、あれがわたしのあとを追うように、わたしの髪の毛を入れたの」

「髪の毛を残してはいけない。それから——なんというのかな？」

カペッリ氏は指の爪を指さした。

「これを切ったものも、残してはいけない。わたしは、いつも燃やしてしまう。もちろん、血は一番危険だ。それで、その紳士はどうしたんだ?」

「亡くなったの」

カペッリ氏は、口もとまで持っていったびんを止めた。

「グラン・ディオ(なんてことだ)! 亡くなった?」

ステラはうなずいた。

「そう。教授が刺したの。教授がフィルバート氏を刺したの!」

「最初から話してくれ」

ステラは少しの間考えて、起こった順番どおりに、ぜんぶ話した。フィルバート氏が温室の中国のつぼの中に小さな包みをかくしたのを見たあとに起こったことすべてを。

カペッリ氏はだまって聞いていた。ステラが話しおわると、こういった。

「教授がその紳士を刺した。そして、紳士は枝に変わった?」

ステラはうなずいた。

「そうだと思う」

小枝のことを思い出して、地図帳を結んでいたリボンから小枝を取り、カペッリ氏にさしだす。

「見て」

「その紳士は枝に変わった」

カペッリ氏は小枝をランプの明かりにかざしながら、考えるようにくりかえした。

「これはノッチョーラだ。なんというのかな？　そう、ハシバミの枝だ。これを植えると、ハシバミの木に育つ。時がたてばね」

とほほえんで、小枝をステラにかえした。

「子どものころ、わたしのノンナ、つまりおばあちゃんが木の話をしてくれた。五月と真夏に木の精のためにアーモンドケーキとワインをおいておくんだ。カシとかニレとかイトスギとかの木を切るとき、まず切ってもいいか妖精に聞くんだ。聞かないで木を切るのは危険だ」

話しながら、カペッリ氏はステラのトーストに、バターをぬり、上にスモークしたニシンをのせてくれた。ひと口かじると、しょっぱくて、カリカリしていて、おいしかった。ステラはもう一枚のパンにフォークをさし、火に向けた。

「ハシバミの木はお守りなんだ。二つの小枝を結んで」

カペッリ氏は指と指をくっつけてみせた。

「こんなふうにクロスさせ、赤い糸で結んでドアの上に釘で打ちつけておくと、雷よけになる。靴の中に小枝を入れておく、イエス？　魔女から守ってくれて安全に旅ができる。ゆりかごもハシバミの木からつくられる。赤ちゃんはフォレッティ、つまり妖精から守られる。もし、宝物を持っていたら、ハシバミの木の下にうめるといい。木の妖精が守ってくれる」

「妖精って見たことがある？　どんなもの？」

「ノー、ノー。今の時代の話ではない。ずっとずっと昔の話だ。今はもういない。あるいは、老人のように眠っているか……。だが、わたしのふるさとでは、もう存在しない妖精たちのことをおぼえている」

　カペッリ氏は肩をすくめた。

「ノンナが子どものころの話をしてくれた。村に、おばあさんがニレの木だったという男が住んでいた。ノンナが、その人はとても年老いていたといっていた。百年も生きていた。その人が亡くなって教会にはこばれたとき、とても年取ったニレの木の枝に変わったそうだ」

　ステラは火を見ながら、フィルバート氏のことを考えた。木の精だったのだろうか？　ハシバミの木の？　教授が夜に木を切りたおして、根をほりおこしたというベンの話を思い出した。銀のびんは、ハシバミの木の下にうめられていたのだろうか？

「教授はフィルバート氏のことをドリュアスとよんでいたわ」

「木の精の名前だ」

　カペッリ氏はうなずいた。

「いろいろな名前を持っているんだ。その名前はギリシャ神話から来ている。昔話だ。とても、とても、前の話。木の精たちは背が高くて、強くて、人間たちはおそれていたという。しかし、フォレッティはいなくなってしまった。今は工場や蒸気機関や電信の世界だ」

ステラはフィルバート氏のことを思いかえした。とても年を取っていた。指は、かれた小枝のようで、はだはほとんど緑色で、顔にふれると、ザラザラして木の皮のようだった。

ステラは目をしばたいた。煙のにおいがする。トーストがこげている。うとうとしていたにちがいない。

「あー！　ごめんなさい、カペッリ氏」

カペッリ氏は笑った。

「そう悪くないよ」

黒くなったトーストにバターをぬり、バリバリとかんだ。

「ずっと味がいい。あんたはつかれている。もう、夜ふけだ」

カペッリ氏は立ちあがり、クッションや敷物を集めた。

「ついたての後ろでだいじょうぶだね？　そこなら、だれか入ってきても姿が見えないから」

カペッリ氏はクッションをまとめて、その上にタータンチェックの敷物をかけた。

「さあ、寝る準備をして。わたしは、まだ教授があそこにいるかどうか見てくる。鍵をかけていくから、安全だよ」
「ありがとう、カペッリ氏」
クタクタで、もう目をあけていられない。洗面台でさっと顔を洗い、あくびをした。ガウンと室内ばきをぬぎ、クッションの上に横になって敷物を体にかけた。アルフレドがそばに来て、うろうろしたあと、ステラのひざのくぼみに丸まり、のどを鳴らした。もう一ぴき来た。さらにもう一ぴき。

ステラはおばさんたちのことを考えた。朝になったら、ステラがいないことに気がつくだろう。だけど今、ステラにできることはない。とても眠くて、目を閉じた。

カペッリ氏がもどってきたとき、ステラはうとうとしていた。

「教授はまだいたが、わたしの姿は見なかった。教授は劇場の表を見はっていた。玄関と楽屋口だ。あんたは、ここで安全だよ」

ステラは教授の、背が高くて、やせた黄色っぽい顔を思い出した。見はっているんだ……。体を丸め、地図帳をだきしめた。あたたかくて安全な場所で、のどを鳴らすネコたちにかこまれ、ステラは眠りに落ちていった。

17

逃げなきゃ

目がさめると、日の光がさしこんでいた。ちょっとの間、自分がどこにいるのかわからなかった。トーストのにおいがし、だれかが鼻歌をうたっている。敷物をどけ、寝ている二ひきのネコの下から体をぬいて起きあがった。

鼻歌が止まった。

「目がさめたかね」

カペッリ氏がついたてのかげから顔を出した。片手にトースト用のフォーク、片手にニシンを持っている。肩にのっているアルフレドの緑色の目が、ニシンに釘づけになっている。

「おはよう」

ステラは目をこすって、あくびをした。

「イエス、イエス。おはよう。こんにちは、かな？　よく眠れたかね？」

「今、何時？」

ステラはゾッとした。あわてて立ちあがり、ガウンと室内ばきを探す。カペッリ氏はちょっと姿を消し、もどってきた。今度はニシンではなく時計を持っている。

「一時近くだ。たくさん、たくさん寝たね」

アルフレドは肩からとびおり、どこかにかけていった。

「ノー、アルフレド。ノー！　カッティーヴォ（悪い子だ）！」

カペッリ氏はまた姿を消し、取っ組みあうような音とネコの鳴き声が聞こえた。カペッリ氏がニシンをかかえてニコニコしながらもどってきた。

「ほんのちょっとの間、下においただけなのに。アルフレドはいつもわたしを見ているんだ。世界一頭がいい。そして、世界一のいたずらっ子だ」

カペッリ氏はアルフレドに向かって指をふった。

「おまえには魚なしだ！　まあ、ちょっとだけかな。ほら」

カペッリ氏はニシンを気前よくちぎってアルフレドにやり、頭をなでた。それからステラに向かって、

「トイレの場所を教えよう。それから食事だ」

「でも――」

「教授はまだ見はっている」

カペッリ氏はほかのネコたちにもニシンを分けている。

「今朝早く、ネコたちをつれて、ミルクを取りに行ったとき、教授はまだ同じ場所にいた。それに、手下たちがわたしについてきた。世界一わたしをうたがっている。あとで、まだいるかどうか見てこよう。ネズミ一ぴき逃げだせない！」

「まだ見はっているの？」

ステラはがっかりした。

「イエス、イエス、世界一おそろしい。けれど、すばらしい考えがある」

カペッリ氏はトースト用のフォークをふった。

「食べながら教えよう」

ステラは、ガウンをはおり、室内ばきをはいた。カペッリ氏はドアを少しあけて、外をのぞく。足音、声、だれかがピアノを弾く音、笑い声が聞こえる。カペッリ氏はステラに合図し、廊下の奥のドアを指さした。

「あれがトイレだ」

トイレはせまくて、きたなくて、とても寒かった。床板の下から冷たい海風がふきこんでくる。便座の下を見ると、海が見えるのでびっくりした。ずっと下の方に、灰色がかった緑色の波が見える。大きな黒い魚が泳いでいく。

ステラは急いで用をすませ、重い鉄のレバーを引っぱる（びっくりするようなガタン、バン、ポタポタという音が聞こえた）と、急いであたたかいカペッリ氏の楽屋にもどった。

「トーストを食べる、イエス？　それにミルク」

カペッリ氏はトーストとニシン、それにミルクを入れたマグカップをわたしてくれた。ボウルにミルクを入れ、暖炉の前の敷物の上におくとネコたちが集まってきた。カペッリ氏はニコニコしながらネコたちを見、また黒いびんのものを飲む。

「今日二時に、すばらしいショーがある。マチネのショーだ。教授も出演する。手下たちはこの劇場で働いているから、ロープを引っぱったり、スポットライトをあてたりといそがしくなるだろ、イエス？」

ステラは口がいっぱいで、うなずくことしかできなかった。

カペッリ氏は大げさに手をふった。

「だから、かんたんだ。そのときをねらって逃げられる。教授がいそがしくて、手下たちが働いていて、みんながショーを見ていて、いたるところにたくさんの人がいる。楽屋口の場所を教えよう。玄関ドアの横にある。そこから逃げるのが一番いい」

けれど、教授はそれを予想して何か策を練っていないだろうか？　ステラは口の中のものを飲みこんだ。

「ありがとう、カペッリ氏」

といって、体の中にある不安な気持ちを無視しようとした。

「どういたしまして。なんでもないよ」

カペッツリ氏はニコニコしながらいった。マントルピースからブラシを取り、ヴィオレタをだきあげていすにすわると、ブラシをあてはじめた。

「あんたはおばさんたちのところにもどるんだね？」

ステラはべつのブラシを持ち、暖炉の前の敷物の上にいるアルフレドの横にひざまずいて、背中にブラシをかける。

「はい」

ステラはいった。おばさんたちがどんなにおこっているか考えると気がしずんだ。

「できれば、刑事さんたちに教授のことを話すわ。もし、わたしの話を聞いてくれるのなら」

「まっすぐホテルに帰るんだね。おばさんたちと警察官たちのところへ。すばらしい。あんたは安全だ」

「そうだといいけれど」

「それはどうするのかな？」

カペッツリ氏は、ステラが首にかけてかくしているフィルバート氏の包みのあたりを指さした。

「わからない」

このなぞめいた銀のびんがなんなのか知りたかった。昔、だれかがこれを守るためにハシバミの木の下にうめた。とても大事な物なのだ。けれど、いったいなんなのだろう？　逃げまわっていても仕方ない。計画を立てなければ。ステラはネコたちにブラシをかけるのを手伝いながら考えたが、集中するのがむずかしかった。アルフレドはあおむけになり、アニーナはアルフレドのしっぽにとびかかってかじった。アルフレドはおこって鳴き声をあげ、カペッリ氏の肩によじのぼり、耳を頭につけてアニーナをいかくする音を出す。カペッリ氏は笑ってアルフレドをなでる。ステラがアニーナにブラシをかけようとすると、アニーナは身をよじってブラシにかみつこうとする。心配ごとをかかえているのに、ステラは笑ってしまった。

「興奮しているんだ。世界一のアーティストたち。見てのとおり気性がはげしい」

ネコたち全員の毛がつやつやですべすべになると（ステラは三回ひっかかれ、一回かみつかれ、体じゅうネコの毛だらけになった）、カペッリ氏はついたての後ろで舞台衣装に着がえた。ステラはネコたちの革の首輪をはずし、金の糸とスパンコールで刺繍したすてきな首輪をつけてやった。ネコたちはさまざまな鳴き声をあげている。

「みんな練習しているんだ」

ついたての後ろからカペッリ氏がいった。

「パフォーマンスの準備だよ」

カペッリ氏がうたいはじめると、ネコたちも熱心に参加する。頭をあげ、体を横にゆらす。いきなりドアがノックされ、ステラはとびあがった。逃げる間もなくドアがあいて、一人の少年が顔を出し、帽子を取っていった。

「あと十五分です、カペッリ氏」

「シ、シ（わかった）。ありがとう!」

カペッリ氏がこたえた。少年はステラを見ておどろいた顔をし、ドアを閉めて、足早に遠ざかっていった。

「わたし、見られた」

心臓がドキドキしている。

「イエス」

「あの子、教授にいうわ」

「イエス、たぶん。しかし、そう心配しなくてもいい」

カペッリ氏はついたての向こうから出てきた。赤いスパンコールをちりばめた上着にキラキラした赤と金のチョッキを着ている。光沢のある山高帽を

かぶっている。カールした口ひげがつやつやしていて、とてもすてきだ。

「なぜなら、わたしたちはすぐに出て行くから。楽屋口を教えよう。そこから逃げられる、と思う」

カペッリ氏はネコたちの首輪にリードをつける。バイオリンをかかえると、アルフレドが肩にのる。

「行こう」

カペッリ氏はドアをあけた。ステラは地図帳を持って、カペッリ氏についていった。

廊下では、縞柄の水着のような衣装を着て、軍人のようなひげを生やした三人の男が「それ、いち、に！」とさけびながら、元気いっぱいにパフォーマンスの練習をしている。背の高い女性が通り過ぎていった。ピンクの羽でおおわれたドレスを着て、頭の上では巨大な羽かざりがゆれている。

カペッリ氏は足早に廊下を歩く。肩にアルフレドがのり、ほかのネコたちはしっぽをぴんと上にあげてついていく。ステラも注目をあびないように顔をふせながら早足でついていく。けれど、両側におもしろい物がたくさんあるので下だけ向いているのはむずかしかった。

階段の上では、四、五人の黒い目の子どもが、体をまげたりのばしたりしている。ステラより小さい子もいる。体がすごくやわらかい。一人の少女が小さな男の子をささえて、弓なりに反らせた。男の子は、足の間からステラにほほえんだ。ステラもおずおずとほほえみかえした。

階段の下では、小さなロバを引いた男とすれちがった。女性が声をふるわせ、どんどん高くなる声でうたっている。筋肉りゅうりゅうの、トラの皮を着た大男が「よいしょ！」とさけんで壁に向かってさか立ちをした。ステラが口をぽかんとあけて見ていると、男はさか立ちしたままステラにウインクした。

みんながカペッリ氏にあいさつする。カペッリ氏もあいさつをかえすが、足は止めない。人魚の衣装を着ておしゃべりしながらステップをふんでいるグループを通り過ぎる。ステラが後ろを向くと、さっきの帽子をかぶった少年が人ごみをかきわけてくる。

「来るわ！」

「こっちだ」

カペッリ氏はまようことなく進む。ダンサーたちの間を通りぬけ、舞台を横切っていく。幕はおりている。オーケストラの音やたくさんの声が聞こえる。舞台の上では、ロープを引っぱり大声で指示しながら歩きまわっている人たちがいる。ロマンチックな古いお城や嵐の空、難破船、灯台がえがかれた背景の幕がおろされている。

反対側の舞台のそでで、巨大な機械仕かけの海のモンスターが待っていた。はしごにのった男がモンスターの口の中の何かを調節している。「だいじょうぶだ、ネド」とさけんで、口から頭を出した。カチッ、シュッと音をたてて、海のモンスターがオレンジ色の炎をふきだしたので、ステラはギョッとした。舞台のはずれには、小さな明るい青と白の帽子をかぶった船乗り姿のダンサーたちがいる。

「カペッリ氏！」

　あの少年が人をかきわけてくる。

「カペッリ氏、教授がおよびです」

　見ると、教授が早足でステラの方に向かってくる。カペッリ氏はステラの前に立ちはだかり、

「かくれろ！」

とささやく。ステラはドキドキしながらダンサーたちの後ろにかくれる。

　カペッリ氏は教授から目をはなさずに、小声で、

「教授の気を引いておく。楽屋口はこの先だ」

といって手をふった。

「さよなら、そして、幸運を祈る、ステラ・モンゴメリー」

「さよなら、カペッリ氏。ありがとう」

　ステラはカペッリ氏の背中に向かってささやいた。それからダンサーたちの後ろをそっと歩いて、いわれた方向に行く。

　ふりむくと、教授がカペッリ氏のそばに来ていた。アルフレドがおこって背中を丸め、しっぽをブラシのようにふくらませている。

「楽屋口」と書いてあるのが見えて、そちらに急ぐ。ドアマンが、たくさんのフープをかかえ、三びきのフワフワの毛の白いプードルをだいた女性と話している。

とつぜんドアがあいて、ステラと同じぐらいの背丈の四、五人の女の子が息を切らし、笑いながら入ってきた。

うす暗い劇場に慣れた目に、日の光がまぶしい。ステラはまばたきした。外の桟橋では旗がゆれ、メリーゴーラウンドがまわり、蒸気オルガンが陽気な曲をかなでている。

コートやショールをまとった家族づれがどんどん入ってくる。少年たちはさけびながら、桟橋の板の上でブーツをふみならす。遠くにマジェスティック・ホテルが見える。ウイザリング・バイ・シーの崖の上のすてきな帽子のようだ。

もうすぐドアにたどりつくというときに、ドアがおしあけられ、うす茶色のひげを生やし、ずるがしこそうな表情の、バラの模様のチョッキを着た男が、人をかきわけて入ってきた。

誘拐犯のスカトラーだ。ベンを引きずっている。

18

妖精たち

ステラは息を飲んだ。スカトラーは、ベンの腕を引っぱって、楽屋口から劇場に入ってくる。かわいそうに、ベンは青ざめた顔をして、泣いたような赤い目をしている。スカトラーに見つかる前にステラは舞台の方向にとっしんした。後ろで声がする。

「教授！　教授！　少年を見つけました」

舞台のそでで待っている出演者の中からカペッリ氏を探すが、見つからない。教授が見えた。スカトラーとベンの方に向かう教授のめがねに、スポットライトが反射する。ステラのすぐ横を通りそうだ。ステラは必死でかくれ場所を探す。

開幕のベルが鳴り、司会の男性がいった。

「お静かに。お静かに」

トランペットがファンファーレをかなで、観客が拍手する。

ショーがはじまった。

人魚と船乗りたちがダンスしながら舞台に出ていく。明るいスポットライトがあたり、衣装がきらめいている。

ああ！　嵐の真っただ中、若き船乗りが
サメやクジラがうごめく深い大西洋に落ちた。
若者は、あっという間に、深い青い海の底に
しずんでしまった。

ステラは地図帳をにぎりしめ、壁ぎわの暗がりにあとずさりして、息を殺した。教授にはまだ見つかっていないが、すぐにも見つかるだろう。

楽屋口からとびこんできた少女たちが大柄な女につかまっていた。女は小声でしかり、人ごみの中をかりたてていく。ステラのそばを通ったとき、女が「おくれたらどういうことになるか教えてあげます」とささやいて、少女たちの頭をたたいた。

ステラが少女たちの間にもぐりこんだちょうどそのとき、教授が通り過ぎた。ステラに気づかない。ステラは少女たちにおされて進む。教授はスカトラーとベンのところにつき、低い、おこった声でいった。

「どこで見つけた？」

「鉄道の駅でさあ」

スカトラーはベンをこづいた。

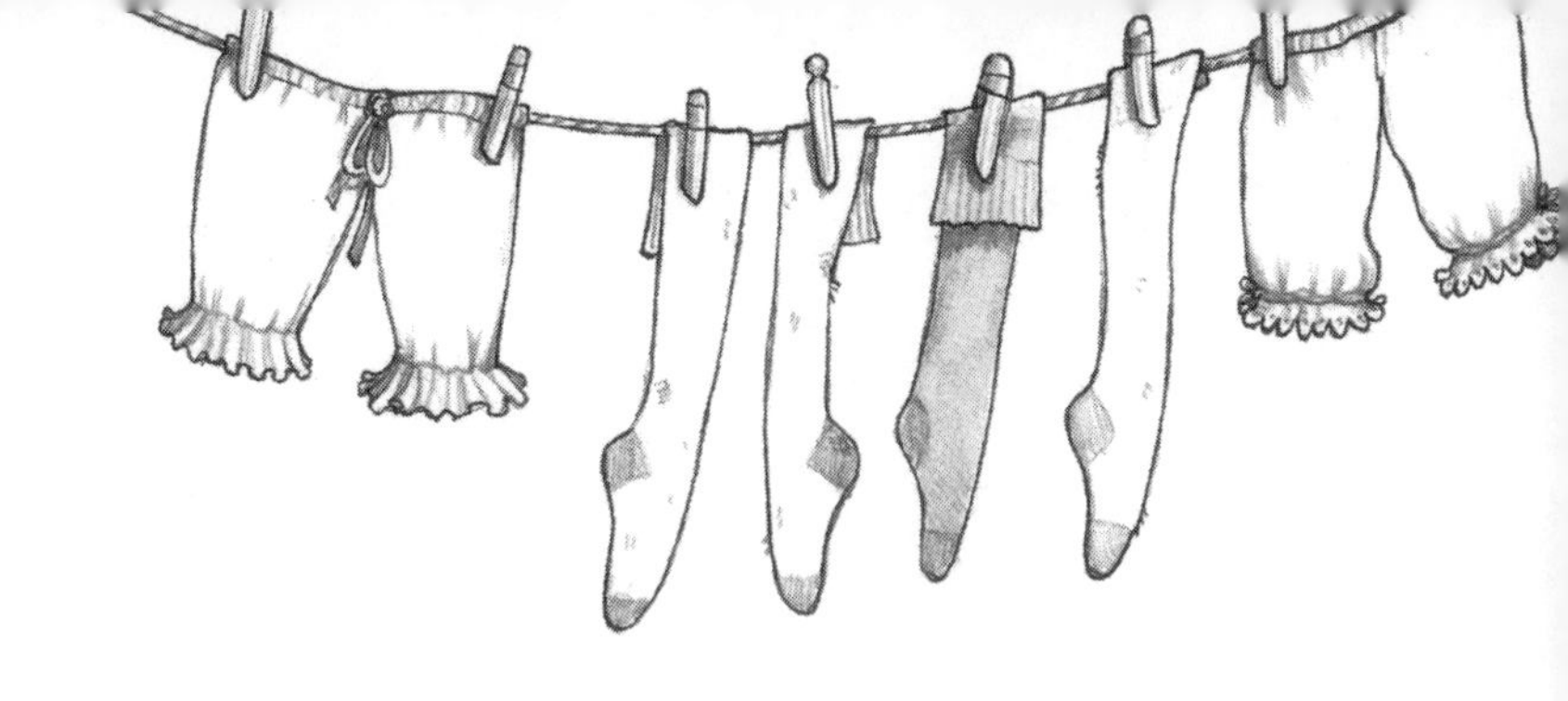

「列車にもぐりこもうとしてたんで」

ベンは真っ青な顔であとずさり、スカトラーの手から逃げようともがく。

ステラは、教授がベンに何をしているのか、ふりむいて見ようとしたが、大柄な女がステラの頭の後ろをたたいた。

「お行きなさい」

ほかの少女たちといっしょにおされていく。だれもステラに気づかない。大柄な女は少女たちをせきたてる。階段をのぼり、廊下を歩き、角をまがり、小さな雑然とした楽屋に入ると、「急いで」といって出ていった。

壁から壁にひもがわたしてあり、長靴下や下着がかけてある。少女たちはその下にかがんで、帽子やコートをぬぎ、スカーフをはずす。部屋はおしゃべりして笑う少女たちでいっぱいだ。少女たちはダンス用の靴をはき、ピンクや黄や白いスパンコールのついた衣装に着がえている。髪にブラシをかけたり、指でまき毛をつくっている子もいる。

ステラは暗いすみで、釘にかかったコートに半分身をかくした。ほこりっぽくて、のどがムズムズする。息を殺して、見つからずにぬけだす機会を待つことにした。

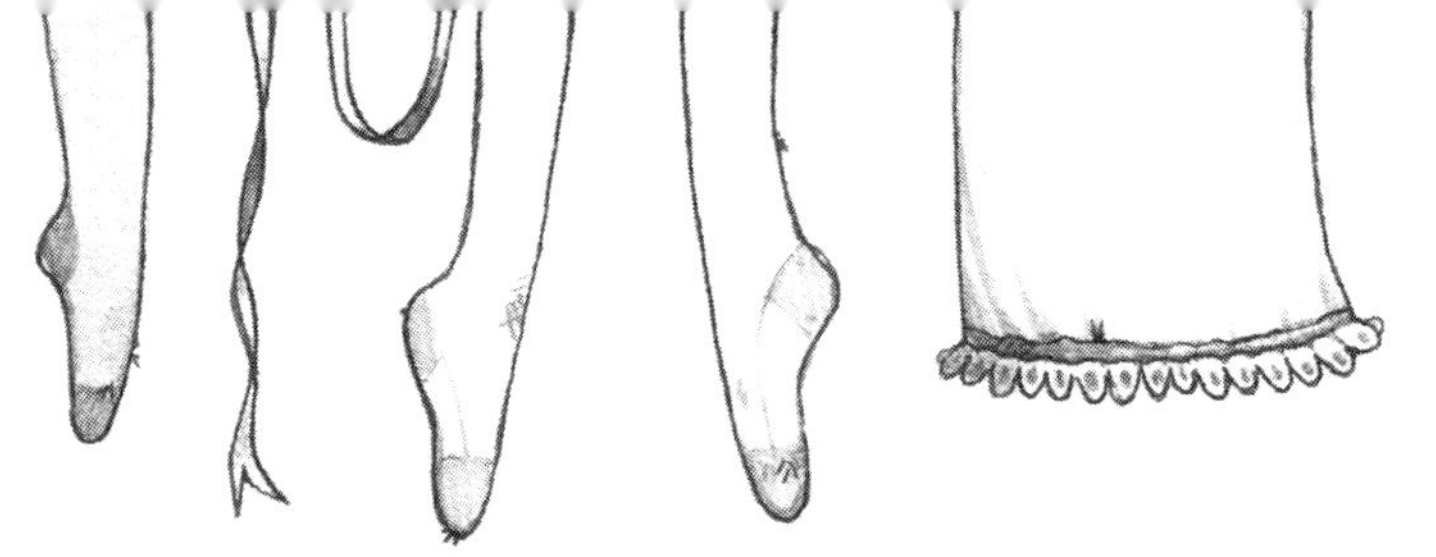

劇場から逃げださなければならないのに、教授の手下がいたるところにいる。ガウンと室内ばき姿のステラは目立ってしまう。地図帳を思い出した。メキシコとアメリカのカリフォルニア州のページ。深い森の中で角をつけた男がシカのむれにもぐりこんでいる絵があった。

——原住民のハンターは変装し、矢じりにガラガラヘビの毒をぬった矢を持っている——

自分も変装しないと。劇場にはさまざまな衣装や服がある。見つけるのはかんたんなはずだ。

「おそいよ、ガート」

少女の一人がいった。

「入ってくるとき、マクタガティ夫人につかまって、しかられちゃった。イライラしてたよ」

そばかすだらけの陽気な顔をした背の高い少女が、うす茶色の髪の毛の少女に背を向けた。

「ボタンをはずして、アニー」

「ねえ、買ってきた？」

だれかが聞いた。

「マク夫人にとられなかった？」

そばかすの少女は、投げだしたコートのポケットからお菓子の入った袋を出した。

「ブルズアイ（あめ玉）、ジブラルターロック（氷砂糖）、アップルタフィー（タフィーはバター、砂糖などでつくるキャンディの一種）」

少女たちが歓声をあげてむらがる。ガートはその袋を、すでに着がえをおわっている、小柄な黒髪の少女にわたした。

「みんなにまわして、エティ」

といって、頭から服をぬぐ。長靴下をぬぎ、ひもにかかっている長靴下にさわってかわいているものを探す。長靴下をざっと横によせたが、かくれているステラに気がつかない。ステラは目を閉じて、影になったふりをした。でも、ほこりが鼻に入って、くしゃみをしてしまった。

「びっくりした！」

ガートがいった。ほかの少女たちもこちらを見る。

「だれかいるの？」

「どうして、そこにかくれてんの？」

「あんた、だれ？」

ガートが聞いた。人なつこそうな子だ。ステラはおずおずとほほえんだ。

「わたし――」

「きっと、教授が探してる子だ」

アニーは、口にタフィーが入っているので、モゴモゴといった。

「教授が、何かを盗まれたっていってた」

「そうなの？」

ガートがステラに聞いた。ステラは首をふった。

「ううん、わたし、何も盗んでいない。わたし、泥棒じゃないわ。教授に、わたしがここにいることをいわないで」

ガートはにっこりした。

「あたしたち、いわないよ。ね、みんな？」

ほかの少女たちが、さんせいする声をあげた。

「あたしたちみんな、あいつがきらいだよ」

「あの人、ひどいの。つれてる男の子にすごくいじわるなんだ」

「こわいよ」

「あたしも」

「あたしは、こわくないよ」

ガートがいった。

「ガートはだれもこわくない」

アニーがクスクス笑う。

「ガートは、くさった大きな牡蠣を教授のコートのポケットに入れたんだよ」

「それに、室内ばきの中にザル貝を入れた」

「それから、山高帽の中に死んだクラゲを入れたし」

少女たちはみんな笑った。

「ひとつ取って」

エティがステラに袋をさしだした。中に色あざやかなお菓子が入っている。緑、赤、黄、黒。小さな縞柄のサテンのクッションのように見えるものもある。ガラス片のようなもの、丸くて、宝石のようにキラキラしているもの。ステラはためらった。ディリヴァランスおばさんに、こういうお菓子は下品で健康に悪いといわれている。

「えんりょしないで」

エティはにっこりした。ステラはお菓子をひとつ取った。つやつやした赤でカタツムリの殻のように白いうずがついている。糖蜜とペパーミントの味がして、おいしかった。

「お年寄りの紳士からチップをもらったんだ」

ガートはあざやかな緑色のお菓子を口に入れ、ダンス用の靴のひもを結びはじめた。

「銀貨だった。だから、あたしたち、マク夫人にかくれて、これを買ってきたんだ」

ガートは立ちあがってつま先をのばし、片足ずつ、高くあげた。

「あたし、ガート」

ステラに手をさしだした。

ステラは口の中のお菓子を舌で横にどけ、

「わたし、ステラ」

といって握手した。

ガートは一人ずつ少女を指さす。

「エティ、アニー、リジー、メアリー、もう一人のメアリー、マギー、エドナ、またメアリー、ベス、ハッティ、そして小さなエルシー」

「ダンサーなの？」

ステラが聞くと、少女たちはクスクス笑った。

「あたしたち、妖精だよ」

ガートはニコニコしながらいった。

「鈴をつけて、かわいいダンスをしたり、足を高くあげたり、とんぼがえりをしたりするんだ」

ガートは釘にかかっていた黄色い衣装を取り、バサッとふって、頭からかぶった。

「ボタンをとめて」

ステラは地図帳をわきにはさんで、ずらりとならんだ小さなボタンをいっしょうけんめいはめた。ガートが笑ったり、複雑（ふくざつ）なダンスのステップをふんだりするので、はめるのはとてもむずかしかった。

「できた」

とうとうステラはいった。

「ありがと」

ガートは片方（かたほう）のつま先で立って、くるりとまわった。

「ダンサーをしてお金をもらっているの？」

「もちろん。でも冬の間は、週半クラウンしかもらえないんだ。日曜日には教会でマク夫人が、まわってきたお皿に一ペニー入れさせるんだ。長靴下（ながくつした）が六ペンスだから、毎週、ばあちゃんに一シリング六ペンスだけ送るの。家にはばあちゃんと弟たちが五人いて、かせぎ手はあたしだけ。夏は海岸ぞいにまわって、一日四回から五回ショーがあるから、かせげるんだけど」

「勉強はしないの？」

ステラはうらやましそうにいった。

「もちろんしないよ。あたしたちは、学校はおわったんだ。一番小さいエルシーでも十歳（さい）だし、十三歳の子もいる」

　ガートはまき毛をふわっとさせて、にっこりした。

「教授に追いかけられているのかい？」

「教授は、わたしが何か盗んだと思っているの。盗んでなんかいないのに。わたし、劇場から出なきゃ。教授に見つからないようにうまく変装する必要があるの」

　ガートが首をかしげて、ステラをじろじろ見た。

「男子たちくらいのサイズじゃないかい、アニー？　この子に男の子のかっこうをさせて、楽屋口から出してやれるね」

　アニーは少女たちをかきわけてステラのそばに来ると、じっくり見た。

「たぶん」

「髪の毛を帽子の中にかくせるよ」

　エティがクスクス笑いながらいった。

「アニー、男子の古い服をもらっておいで」

　アニーが出ていくと、ガートはステラにいった。

「アニーの弟はミュージカルに出てるんだ。妖精の女王の馬車を引っぱる男子が十人いる」

　少女たちはステラを取りかこんで、ガウンをぬがせる。

「ちょっとその本を下におきな」

ガートがいった。

「上等のガウンだね。いい品だ」

エティがいった。

「このレースもいいものだよ」

一人の少女が、ステラのねまきのすそにさわる。

アニーが服をかかえてかけもどってきたときは、ステラは下着姿だった。

「それなあに？」

エティがフィルバート氏の包みを指さして聞いた。

「なんでもないの」

ステラは小さな袋を下着の下につっこんだ。

ガートは服の中からシャツとズボンを取り出した。ステラはそれを着る。シャツは大きすぎて、ひざまでたれ、手もすっかりかくれてしまう。少女たちはシャツのすそをズボンにたくしこみ、そでをまくった。

「ブカブカだね」

ガートがニコニコしながらいった。

「こうすればいいよ」

ズボンのウェストをひもでしぼってくれた。

ボタンつきのポケットのある、たけの短い青いフェルト地のコートがあった。あちこちつぎがあたっている。そでが長すぎるが、ガートがそで口を何重かに折ってくれた。少女たちはステラの髪の毛を頭の上にまとめてピンでとめ、フェルトの帽子をかぶせた。みんな、クスクス笑っている。

「この古いブーツをはいてみて」

アニーがいった。ステラがはだしの足を入れると、だれかがひもを編みあげてくれた。底にびょうがついた厚い革のブーツだ。

「見て！」

少女たちはステラを洗面台につれていった。壁に、割れた鏡がたてかけてある。

鏡を見ると、白いはだで丸い目の見知らぬ少年がうつっていた。ステラがほほえむと、少年もほほえみかえす。自分だとまったくわからない。ステラはきまり悪そうにいった。

「ごめんなさい。この服の代金を持っていないの」

ガートが笑った。

「だいじょうぶ。男子たちは、なくても気にしないから」

「ほんと？　じゃあ、ガウンとねまきと室内ばきを受け取っていただけない？」

ステラはおずおずといった。おばさんたちはおこるだろうが、ほかにあげるものがない。

「いいよ」

ガートはにっこりして、ステラと握手した。

「さあ行こう。こっちだよ」

ガートはドアの外をのぞくと、ステラについてくるように合図した。ステラは地図帳を持って、少女たちに手をふった。

「さよなら。ありがとう」

少女たちも大声でいう。

「さよなら。幸運を祈るね！」

ステラはもう一度手をふると、ガートについて廊下に出た。

19

変装

ガートについて廊下を歩く。靴底にびょうを打ったブーツをはいているので歩き方がぎごちないし、慣れないズボンをはいているので足が自分のものではないような気がする。

ドアがあいて、教授の手下の一人が出てきた。ステラはドキドキしながら下を向いた。男は、通り過ぎる二人にほとんど目を向けなかった。変装がうまくいっている。

「楽屋口はこっちだよ」

ガートはせまい階段をおりる。とちゅうまでおりたところで、ステラはガートの腕をつかんだ。二人とも立ちつくす。

階段の下のかげになったところに、教授、スカトラー、ベンが立っていた。スカトラーはベンの肩をおさえている。教授は青白い長い指でポケットからインクのびんを取り出し、ベンに手をのばす。指にはめた指輪が赤く光った。

ベンは泣きながら身をふりほどこうとした。

「いやだ。やらない。ぼくは、何もいわない」

「急いで、こっちだよ」

ガートがささやいた。ステラの手をつかんで、階段(かいだん)をもどりはじめる。廊下(ろうか)をもどり、角(かど)をまがり、上からぶらさがっているロープや滑車(かっしゃ)をよけながらべつの階段をおり、舞台(ぶたい)の横の暗くて短い通路に入る。

せまいドアがあった。後ろでオーケストラが演奏(えんそう)していて、観客が笑ったり拍手(はくしゅ)したりしているのが聞こえる。ガートは口に指をあてて、

「この向こうは観客席だよ」

とささやくとボルトをぬいてドアを少しあけた。

ドアのすきまからのぞくと、ガス灯(とう)の明かりが大理石の柱や鏡や智天使(ちてんし)をてらしていた。ドアは舞台の横の暗がり、観客席の最前列のそばにある。すぐ近くでオーケストラが演奏し、大ぜいの人が舞台を見ている。観客たちは舞台に声をかけたり、やじったり、拍手したりする。

「あそこがメインドアだよ」

ガートが指さした。

「まっすぐだよ。あそこから出られるから」

ためらうステラをガートがぽんとおした。

「行きな。あたし、もどらなきゃ。もうすぐ出番だから」

ステラはつばを飲みこんで、ドアを通った。

「ありがとう」

「幸運を祈るね」

ガートはにっこりして、ドアを閉めた。

タバコの煙が立ちこめ、オレンジやこうばしいタフィーのにおいがし、照明がかがやいている。だれもステラに気づかない。舞台では、ピンクの羽のついたドレスを着て、大きな車輪の二輪車をこいでいる女性にスポットライトがあたっている。オーケストラはワルツを演奏し、二輪車に乗った女性は声をふるわせてうたっている。

スピードあげて走っていく
二輪車に乗った若い女性が

ステラは観客席横の通路をしのび足で進む。足もとでナッツの殻が音をたてる。キドニーパイをのせたお盆を持った男が、ステラの体をおして通り過ぎる。

「気をつけろよ、ぼうや」

観客席の奥には、ガラスのドアがならんでいた。その向こうには大理石でできたロビーと外の明かりが見える。出口だ。舞台では二輪車に乗った女性が、頭の上で二つの旗をふっている。観客は拍手したり、口笛をふいたりする。だれかが腕にぶつかったので、ビクッとした。牡蠣のお盆を持った少年だった。

「一ペニーで四つ」

少年はいいながら通路を進んでいく。

ドアのそばまで行ったとき、大柄な男たちがドヤドヤと入ってきた。見つかってしまう！　逃げ場がない。急いで通路ぎわの空席に、すべりこんだ。

横には大家族がすわっている。スーツを着た太った男の子二人はタフィーを食べている。そのとなりでは、お母さんがぷっくりした赤ちゃんをひざにのせている。その向こうにいるのはお父さんで、紫色のチョッキを着ている。それからフリルのついたドレスを着た小さな女の子たち。オレンジの皮とタフィーの包み紙があたりにちらかっている。だれも、ステラに注意を向けない。

ドキドキする。

舞台では、女性が二輪車からおりて、何回か腰を落としておじぎをし、投げキスをしてから、走って舞台のそでに入った。司会の男性が出てきていった。

「さて、紳士淑女のみなさま、お待たせしました。バッソ・プロファンド（低音域を得意とする歌手）のポルテンド氏です」

あたりを見まわした。あの男たちは男の子のかっこうをしたステラに気がつかなかったかもしれない。観客席にはたくさん男の子がいる。ショーがおわったら、観客にまぎれて外に出られるだろうか？　それが一番安全な方法だろう。ベンがすでに教授にステラの居場所をいっていなければ、だが。

つかまりそうになったら、悲鳴をあげよう。

ジンジャービールのお盆を持った少年とオレンジの入ったかごを持った少女が通路を歩いてくる。バイオリンの演奏が高まり、テカテカした黒い口ひげの大男が幕の前に出てきた。愛する人からはなれたという悲しい歌をうたう。霧笛のような声だ。

遠い海の向こう、
ふるさとからはなれ、
大海原をこえた。
愛する人よ、わたしを
おぼえていますか？

観客席から鼻をすする音が聞こえる。大家族のお母さんはハンカチを目にあて、お父さんはトランペットのような音をたてて鼻をかんだ。

もう一度後ろを見た。観客席の奥に、あの男たちが黒い影のように見える。ステラはドキドキしながら席に体をしずめた。

大男は二曲うたうと、深くおじぎをして退出した。観客はすすり泣きながら拍手する。

司会者が大声でいった。

「紳士淑女のみなさま、チャーミングな妖精たちです」

オーケストラがポルカを演奏し、十二人の鈴をつけた妖精たちが、スポットライトをあびて、スキップしながら笑顔で舞台に出てきた。音楽にあわせてクルクルまわる。腕を組んで足を高くあげたり、とんだりする。エティらしい少女がとんぼがえりをし、ほかの少女たちも続いて、何度も回転する。楽屋でクスクス笑いながらお菓子を食べていた子たちだとはとても信じられない。みんなものすごく上手だ。

ダンスがおわると観客は拍手かっさいする。妖精たちは舞台の上にならび、腰を落としておじぎをしてから、舞台のそでに走りこんだ。

また司会者が出てきた。

「紳士淑女のみなさま、すばらしきマジシャン、スターク教授です」

客席が静かになると、ダダダダとドラムが鳴りだした。ガス灯の明かりが落とされ、舞台の明かりが消えた。観客席にささやき声が広がる。ステラは背中がゾクッとした。

幕が両側に割れ、暗い舞台に人影があらわれた。黒い服に山高帽。目は、光を反射する緑色のめがねの奥にかくされている。

教授が手をふると、シンバルが鳴り、三つの背の高いロウソク立ての上のたくさんのロウソクに火がついた。観客が息を飲む。

「紳士淑女のみなさま、ようこそ」

教授はうやうやしくいった。パッと白い花たばが教授の手にあらわれた。花をまわしてほうりあげると、それはコウモリに変わって暗がりに飛びさった。観客から悲鳴があがる。

「未知の世界にとびこみ、すばらしいマジックをごらんください」

教授は柱の上におかれた水がいっぱい入った金魚鉢のそばに移動する。ポケットから金貨を出し、金魚鉢にあてると、鈴のような音がした。金貨を水にほうりこむと、丸々と太った金魚に変わり、金魚鉢の中を泳ぎはじめた。

　教授(きょうじゅ)は水に手をつっこんで金魚をつかまえる。金魚はロウソクの明かりを受けてかがやくと同時に燃(も)えだした。息を飲む観客。火が教授の手を包む。教授はうす笑いをうかべながら燃える手を上にあげた。メラメラと燃えていた金の炎(ほのお)は消え、教授の黒くすすけた指はかがやく金貨を持っていた。教授は金貨をまわし、ポケットに入れておじぎをした。観客は拍手(はくしゅ)かっさいをする。

　次に、教授は舞台(ぶたい)の中央におかれた背(せ)の高い箱に向かう。せまい洋服ダンスぐらいの大きさで金の星の模様(もよう)がついている。つやのある黒い箱だ。教授は箱のとびらをあけて、観客に中を見せる。何も入っていない。

「紳士淑女(しんししゅくじょ)のみなさま、不思議なキャビネットのマジックをお見せします」

　またダダダとドラムが鳴る。ステラはすばやく後ろを見た。後ろで何かが起こっている。あらあらしい声と取っ組みあうような音。

　舞台の上で教授は帽子(ぼうし)をぬぎ、ほうりあげ、受けると、中から大きな灰色(はいいろ)のウサギを取り出した。それをキャビネットの中においてとびらを閉(し)めた。ジャーンとシンバルが鳴り、バンという大きな音がし、煙(けむり)が出てきた。教授は長い指をふり、キャビネットのとびらをあけた。ウサギがいたところには、黒くなった骨(ほね)が積みあがり灰が落ちている。観客席から悲鳴があがった。教授は両手をさしだした。

「次のマジックには、勇気あるボランティアが必要です。不思議なキャビネットの中に入る勇気のある方はいませんか？」

観客席のガス灯が明るくなった。子どもたちはおしあいへしあいして、金切り声をあげ、あたりを見まわす。おとなたちは、やじをとばし、口笛をふく。しかし、だれも立たない。

「紳士淑女のみなさま、舞台にあがって、未知の世界に足をふみいれてください」

とつぜん、ステラのとなりに人が来た。スカトラーだ。あっという間に、スカトラーはステラの手首をつかんで立ちあがらせた。

「教授、ここにボランティアがいます」

大声でいう。

ステラは心臓がとびだしそうになった。息ができない。

「いやです」

あえぐようにいう。

「ぼうや、舞台にどうぞ」

教授はうす笑いをうかべた。

客席から拍手がわく。スカトラーはステラを引きずって舞台に向かう。ステラは手をひねって逃げようとするが、がっしりとつかまれ、痛さに声をあげる。

せまい階段で地図帳を落としてしまった。ひろおうとしたが、乱暴に舞台に引きずっていかれる。

「おとなしくしないと、痛い目にあうぞ」

スカトラーがささやく。

「勇気のあるボランティアを歓迎します」

教授がステラをさすと、観客は拍手して、口笛をふいたり、やじをとばしたりする。オーケストラが演奏をはじめた。照明がまぶしい。ステラはニコニコしながら拍手する観客たちを見た。拍手の音は、浜辺に打ちよせる波のようだ。

絶望的にあたりを見まわす。舞台の四隅に教授の手下たちがいる。逃げ道がない。ベンがかげの方で、真っ青な顔をして立っている。手にインクのしみがついている。

「さあ、ぼうや、不思議なキャビネットに入って」

教授がいった。スカトラーがステラをキャビネットにおしこみ、教授がとびらを閉める。

閉じこめられてしまった。

体でとびらをおしあけようとしたが、びくともしない。ステラはさけび、とびらをドンドンたたき、けとばすが、オーケストラの演奏と観客の歓声で外に聞こえない。

シンバルがジャーンと鳴り、バンという音がした。煙で息がつまる。足もとの床が開き、ステラは暗やみに落ちていった。

20

荷車で

ステラはいきおいよく落ちた。それから、あらっぽい手につかまれ、足をばたつかせてもがく。足が何かやわらかいものにあたり、男がののしり声をあげた。頭が何かにぶつかり、組みふせられる。いやなにおいのする布を口におしこまれ、毛布でくるまれ、動くことができない。息が苦しい。近くでもみあうような音がして、声がまじる。

「やめて！　おまわりさん！　助けて！」

「そいつもつかまえろ。逃がすな！」

「はなして！」

さけび声、さらにもみあうような音がし、また男がののしり声をあげた。

「このあま、かみつきやがって」

目がまわる。

ステラはガタガタゆられながら、眠ったり目をさましたりしていた。頭が痛い。あたりは暗い。体を動かそうとするができない。そばで声がした。ステラは声を出そうとしたが、出ない。めまいがして気持ちが悪い。

また目をさますと、頭がいくらかはっきりしていた。何かかたい物の上に寝ている。かたむいたり、ギシギシいったりする。馬のひづめの音がし、ガラガラという荷車の車輪の音がする。動こうとしたが、腕と足がおさえつけられている。体の上に何かが乗っているのだ。昼なのか、夜なのかわからない。息が苦しい。口に布がおしこまれているのだ。汗とタバコのまじったゾッとするにおいがする。なんとかその布をはきだし、息をすいこんだ。ゴワゴワした毛布にすっぽりくるまれていて、ほおがチクチクする。寝がえりを打とうとしたが、動くことができなかった。頭が痛い。ステラはまた眠りに落ちていった。

時間がたち、荷車はスピードを落とした。だれかが馬に声をかけ、馬具が音をたて、荷車はかたむいて止まった。すぐ上の方で男たちの声がした。

「ここが土手道だ、チャーリー」

「不気味なとこだな」

「これでも飲めよ。元気が出るぜ」

びんのぶつかる音がした。片方の男がおどろいた声をあげた。

「見ろ」

「なんだ?」

「あそこだ、スカトラー。あそこ。そこにも」

「なんだよ。何もないぜ」

「ばあちゃんから、光の話を聞いたことがある」

チャーリーは低いふるえる声でいった。

「光が沼地につれていって、魂をぬくんだそうだ」

「そんなことうそだ。おまえのばあちゃんは夢でも見たんだろ。もういっぱい飲めよ」

「スカトラー、もうすぐ日がしずむぞ」

「早くおわれば、早く帰れる」

遠くから、すすり泣くような音が聞こえた。その音がやむと、チャーリーがつぶやいた。

「ここにいると、ゾクゾクしてくるぜ」

「おれもだ、チャーリー。だが、考えて見ろ。サツは追いかけてきてない。ガキをかたづけて、さっさとおさらばしよう。サツはまだ劇場を見はっているだろう。教授を見はってる。へっ、洗濯かごなんかのぞかなかった」

スカトラーは笑った。

「おれもおまえも、金貨がもらえるぜ、チャーリー。もらったら都会にとんずらしよう」

「ガキたちはどうなるんだ？」

チャーリーが聞いた。

「おれたちには関係ねえ。弱気になるんじゃねえ。明日の今ごろは、おれたちは遠くに行ってる」

スカトラーが馬にシッシッと声をかけると、荷車はまた動きはじめた。

どこに行くのだろう？　ステラは必死でもがくが、上にたくさんの服がのっているらしく、重い。そばでだれかがうめいたので、びっくりした。ほかにも、だれかつかまっているらしい。だれだろう？

「だれかいるの？」

ステラはささやいたが、声がかすれているし、毛布で音がかき消される。返事がない。

ステラは首を左右にふって、体にまかれた毛布からのがれようとする。身をよじりつづけると、片方の目が毛布からはずれた。顔がかごにおしつけられる。ステラはまばたきして、かごのすきまからのぞいた。

外がきれぎれに見える。荷車に積んだかごの中にいるのだ。後ろにクネクネとまがったせまい道が見える。平らな沼地で、ところどころに岩がつき出たり、ねじれた小さな木が生えている。よどんだ水に夕方の光があたっている。灰色のもやがかかり、雨がふっている。

海とくさった魚のにおいがする。荷車は砂や海草に乗りあげてゆれる。浜の小石に打ちよせる波の音が聞こえる。とつぜん、海の上の土手道に出た。

土手道はほんの七、八センチだけ海の上だ。敷石はでこぼこで、割れていて、海草だらけだ。荷車がかたむく。ひっくりかえったらどうしよう？　道の両側にある黒い水が土手道のはしに打ちよせる。深くて冷たそうだ。ステラはかごに閉じこめられて動けない。おぼれたくなかった。ドキドキしながら岸を見ていると、だんだん遠くなり、雨の中でぼうっとした灰色になって見えなくなり、灰色の海を横切るせまい土手道と、暗くなっていく空が見えるだけになった。ステラは身ぶるいした。

「潮が満ちてくる」

チャーリーがビクビクした声でいった。波が土手道に打ちよせ、レースのようなあわができる。

「早くつけば、早く帰れる」

スカトラーは舌を鳴らして馬に合図した。馬具がジャラジャラと音をたて、荷車がぐっとかたむいた。

土手道に沿って、ふぞろいな杭がならんでいる。一本の杭の上に首の長い鳥がとまっていた。くわえた銀色の魚がバタバタ動いている。ガラガラと荷車が通り過ぎると、鳥は魚を飲みこみ、大きく鳴いて、飛びさった。

また土手道に波が打ちよせた。ステラはおそろしくて、荷車の車輪のまわりでうずまく黒い水を見ていた。やっと荷車は坂をのぼり、海から遠ざかりはじめた。岩や育ちの悪い木を通り過ぎる。

ステラは自分が息を止めていたのに気がついて、ふるえながら息をはきだす。

荷車がかたむいて止まり、男たちがとびおりた。かごが動き、ふたがあいて、上に乗っていたものが取りのぞかれる。ステラは、肩にかつがれてはこばれる。

石のかたまりと、高い塔につながる石段が見える。お城のような大きな建物がくずれ、空につきささるように塔と壁の残骸が残って

いるのだ。あたりは水。ここは島だ。

鍵があけられ、せまいらせん階段をかつぎあげられる。どんどん上に行く。べつのドアがあけられ、かたい床にほうりなげられた。

小さな、円形の部屋だった。家具はこわれ、やぶれたタペストリー（つづれ織りの布）が積み重ねられている。ガラスのはまっていない、小さな窓から雨が入ってくる。ステラは毛布から出ようともがいた。寒さのせいで体がふるえて、感覚がない。

チャーリーが入ってきて、もうひとつの荷物を床に落とした。

「ガート！」

ステラはさけんだ。ガートはよごれた布で口をおおわれ、麻袋に入れられてロープでしばられている。くぐもった声を出し、目がいかりに燃えている。スカトラーがガートをにらんだ。

「大声でサツをよんだから、さらってこなきゃならなかった。ばちがあたったんだ。かんしゃく持ちめ」

スカトラーは手首にできた赤い歯形をこすり、ステラに顔を向けた。

「てこずらせやがって。教授がカンカンだ。少年を教授に反抗させたな。サツがあちこちにいて教授を見はってる。うたがってるんだ。だから、おまえをここにつれていけと教授が命令したんだ。これ以上、問題を起こせない場所にな」

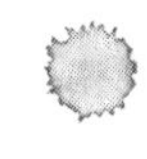

ステラは泣くまいとくちびるをかんだ。

「次の引き潮のときに、教授がここに来る」

スカトラーは、ステラに背を向けた。

「教授に、盗んだ物をかえすんだな。よく考えとけ」

「お願いだから、わたしたちをおいていかないで」

ステラはふるえながらいった。

「潮が満ちてくるぞ、スカトラー」

半分ドアの外に出たチャーリーがいった。

「よく考えとけよ」

スカトラーがふりむいて、ステラに顔をぐっと近づけた。ずるがしこそうな目は、まるで生焼けの卵のように色がうすくて白っぽい。息がジンと古い肉のにおいだ。

「教授に盗んだ物をかえせ。そしたら、おまえも友だちも、何も起こらなかったように家に帰れる。さもないと……」

スカトラーはそこで肩をすくめ、部屋から出ていった。重いドアをバタンと閉めて鍵をかける。

さもないと……?

男たちが早足で階段をおりていく音が聞こえる。ステラはガートのそばにはっていって、さるぐ

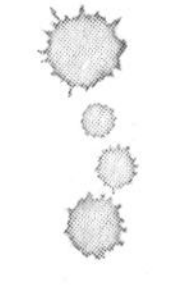
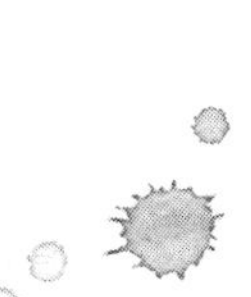
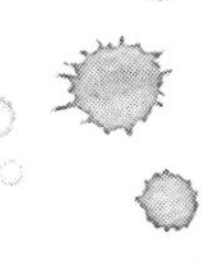

つわをはずした。ロープをほどこうとする。指がかじかんでいるので、歯を使って結び目をゆるめた。

下でドアが閉まる音がした。

ガートはせきこみ、「ひどい目にあった」と布きれをはきだす。

「ちきしょう。あのブタやろうたち。内臓をめったぎりにしてやる。でも、一人にかみついてやったよ。悲鳴をあげてた」

ガートは満足したようににっこりした。ロープと麻袋をはぎとり、手足をのばす。まだ黄色いスパンコールつきのダンス用の衣装を着ている。ガートは腕をこすって、ちょっとダンスのステップをふんだ。

「おお、寒い。ここどこ？　外に出られる？」

「わからない」

ステラはこわばった体で立ちあがり、こわれたいすによじのぼって、せまい窓から外を見た。冷たい風と雨がふきこんでくる。窓台によりかかって下を見る。ずっと下で、夕やみの海の中に土手道がのびている。すでに冠水しているところもある。土手道を走る荷車の車輪に波がかかっている。

ガートも来て、二人で荷車がどんどん小さくなり、夕やみに消えてしまうまで見ていた。

「どうしよう」

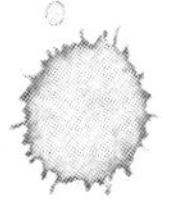

ガートがいった。

　ステラはいすからおりて、ドアまで行った。さびた鉄のドアノブをゆするが、むだな努力だった。小さな部屋を見まわして、また身ぶるいした。寒かった。さらに寒くなっていく。もうすぐ真っ暗になる。重いドアには鍵がかかっている。窓はせますぎて通りぬけられないし、通りぬけられたとしても、下まで距離がありすぎる。逃げ道がない。

　二人は、海の真ん中に閉じこめられてしまった。

21

閉じこめられて

高い塔の上で、ステラとガートは、やぶれたタペストリーや麻袋や毛布にくるまってだきあっていた。タペストリーはしめってかたくて、かびくさかったが、厚手なのでいくらか寒さをふせいでくれた。外では風がうなり声をあげている。窓から冷たい風がふきこんできたので、ステラはふるえた。

「はじめから、教授が悪者だと知ってたよ」

ガートはいった。

「あんたを不思議なキャビネットに入れるのを見たんだ。床に落とし戸がある、単純な仕かけなんだ。だから、あたしは、あんたを助けようと舞台の下に走っていった。そしたら、あの、のんべえやろうたちにつかまっちまった」

「ごめんなさい」

「あんたのせいじゃないよ」

ガートは肩をすくめた。

「まっすぐ警察をよびに行けばよかった。あんたを探して、あちこちにいたんだ。ちょっと考えればよかった。いつもマク夫人がいうんだ。まず考えるのですよ、って。今ごろカンカンだろうな。警察は、こんなところにいるあたしたちを見つけられると思うかい？」

「見つけてくれるといいのだけれど」

　ステラはそういったが、それはありそうにない。どこを探せばいいか、わからないだろう。

「教授がここに来たら、どうする？　あたし、かみついて、悲鳴をあげさせてやる」

「逃げなきゃ」

　ステラはいった。

「わたしたち二人ともはつかまえられないわ。片方は逃げて、引き潮だったら土手道を走って助けをよびに行けるかもしれない」

「あたし、まずあいつにかみついてから、逃げるよ。ところで、あいつがほしがっているのはなんなんだい？」

「この小さな物をほしがっているの」

　ステラは胸に手をやった。

「それ、なんなの？」

「わからないの」

　ステラは袋を取りだして、小さな包みをあけた。

「見て」

ガートはおずおずとそれを手に取り、手の上で引っくりかえす。びんは暗やみの中でかがやいた。

ステラは、後ろで銀色のものがゆれているような気がしてパッとふりむいたが、何も見えない。

「中に何かいるね。動くのが見えた」

ガートはびんを見つめながらいい、体をふるわせる。

「気味悪い。何が入ってるんだろ？」

「わからない。ベンが話してくれようとしたんだけれど、最後まで聞けなかったの。昔の大魔術師(だいまじゅつし)の話なの。グリムペン大魔術師。このびんは、その魔術師のものだと思う」

「ベンって、教授がつれてる子？」

ガートは返事を待たずに話を続けた。

「大嵐(おおあらし)が来ると、ばあちゃんが、グリムペンのヘビが泳いでるっていってた。でも、ただの古い言い伝えだよ」

「ベンが、グリムペン大魔術師はウミヘビに変身できるといっていたわ」

ガートは肩(かた)をすくめ、

「おとぎ話みたいだね」

といってステラにびんをかえした。

「これをどうしたらいいか、わからないの」

ステラはびんを包んで、袋に入れて、また服の下にしまった。

「何か、悪いもんじゃない？　教授にわたすわけにいかないね。悪いことをたくらんでるから。海に捨てたほうがいいかも」

ガートは窓を見ながらいった。

「手放した方がいいよ」

「わたし、フィルバート氏に、これを守るって約束したの。でも、フィルバート氏は教授に刺されて亡くなってしまった」

「亡くなった！」

ガートは少し考えた。

「どこかにかくして、あとで取りにくればいい」

ステラは首をふった。

「ううん。一番いいのは、これを持って逃げること。かくせないの。ベンは、何が起こったか幻視することができるから。教授はベンの手にインクをたらして、どこにあるかいわせるの。どこかにかくしたら、ベンはそのことを教授に話してしまう」

「あの子は、なんか、ふつうとちがうような気がしてた。不思議な力を持ってるような」

「フェイ?」

「そうよぶ人もいるね。妖精の世界に入りこんでるような人のこと。前に妖精のダンサーだったトティーがそんなだった。いつも、だれにも聞こえないものを聞いてた。妖精の歌だって。でもマク夫人は信じなくて、トティーを、その話をやめるまで戸棚に閉じこめたの」

「どうして?」

「そんなことというのは、品行方正な子じゃないって。マク夫人はすごくきっちりしてるんだ。テーブルにひじをのせてはいけません。食べながらおしゃべりしてはいけません」

ガートは上品ぶった声でマク夫人のまねをして、クスクス笑った。

「きちんとした人間は、迷信のようなことはいわないもんだ。もし、家族にそういう血が流れていたとしても、かくしておく。ひいひいじいさんが、半分人魚だったとか、魔術師だったとか、妖精だったなんて知られたくないんだ。昔話に出てくるように、真夜中に大きなよごれたカボチャに変身したとか。あるいは、橋の下からとびだして人間を食べたとかね」

ガートは自分でいってふきだした。

ステラはテンペランスおばさんの言葉を思い出した。

――わたしたちはそんなことはいいません。ぜったいに――

おばさんたち以上に品行方正な人はいない。だから、おばさんたちはステラの質問に答えなかったのだ。少ししてステラはいった。

「ベンにいわれたの。わたしもフェイかもしれないって。でもわたし、何もできない。ベンみたいに起こったことを幻視できないし、妖精の歌も聞こえない」

ガートは肩をすくめた。

「べつのことができるのかもしれないよ」

ステラはゾクッとした。ベンにも同じことをいわれたからだ。自分の中にかくされている何かを想像する。何か、黒い秘密のようなものを。フィルバート氏のびんの中でうごめいているようなものを。

ステラはつばを飲みこんだ。

「わたし、そんなじゃない。ふつうの子よ」

ガートはまた肩をすくめ、二人にかけていたタペストリーを引きよせた。

「家族に伝わってるものだよ。家族の中でちょっと変わった人はいないかい？」

「わたし、おばさんたちと暮らしているの。おばさんたちは変わっているけれど、そんな感じじゃないわ。とても品行方正なの。両親はわたしが小さいころに亡くなったから、何も知らないの」

「あたしの母ちゃんも死んだよ。父ちゃんはいなくなっちまった。弟が五人いるんだ。サルみたいでさ。ばあちゃんと住んでる。あんたは、きょうだいはいるのかい？」

「ううん、一人っ子なの」

ステラはテンペランスおばさんのアルバムから見つけた写真を思い出した。

「たぶん一人っ子だと思う」

「知らないのかい？」

ステラは写真の説明をした。

「写真には女の人と二人の赤ちゃんが写っていたの。裏にP、S&Lと書いてあった。ママはペイシェンスとよばれていて、たぶんママの写真だと思う。Pはペイシェンスのことで、Sはステラのこと。Lはわからない。姉妹がいたのかもしれない。どう思う？　でも、その写真をなくしたの。地図帳にはさんでおいたのに、劇場で落としてしまった。おばさんたちは、わたしの質問にぜったいに答えてくれない。知りたいけれど、やり方がわからない」

「知りたい、じゃなくて、知る、といいなさい」

ガートがいった。

「マク夫人がいったんだ。あたしが小さいとき、夫人にとんぼがえりを教わっていたときに。できないと思ったら、足がすくんで、顔から落ちてしまうって。自分に、あたしはできるっていいきかせ、信じなきゃいけないって」

ガートは自信たっぷりにいった。ステラは、自分もこんなふうに自信を持ちたいと思った。

「見つけだすわ」

できるだけ決然といった。

「とんぼがえりをするには、うんと練習しなきゃならないんだ。何回も顔をぶつけてね」

「とにかく、わたし、見つける」

「家族は大事だ。自分がだれだか知らなきゃならない」


ステラは黒い水がもりあがってくる夢(ゆめ)を見た。水面のすぐ下を何かが泳いでいるように波だっている。どんどんもりあがってくる。ステラの足のまわりでうずまき、ころびそうになる。水は胸(むね)までできて、やがて頭の上まできた。息ができない。口の中も水でいっぱいだ。空気がない。何かがほえている。

ステラは息がつまって目をさました。暗やみを見つめる。風の音が、まるで人が泣いているようだ。

思わず手さぐりで地図帳を探(さが)し、なくしたことを思い出した。なみだがこみあげてくる。劇場(げきじょう)でふみつけられ、ほかのごみといっしょに捨(す)てられてしまっただろう。暗やみの中にいても、表紙をなでたり、なぐさめてくれる絵を想像したりできたのに。ステラはわきおこってくる恐怖とたたかいながら、勇気づけてくれる地図帳のページを思い出そうとした。もう、頭にきざみつけられている。

だが、きちんと思い出すのはむずかしかった。おそろしさのせいで断片しか思い出せない。

海の氷に閉じこめられて引きさかれ、漂流している大きな船の絵。

暗い、嵐の海で打ちつける波と稲光の絵。水上竜巻が小さな漁船におそいかかろうとしている絵。

川にひざまでつかり、巨大なヘビのような魚におそわれて、恐怖に目を見開き、水しぶきをあげてもがく馬の絵。

――ジムノトス（電気ウナギ）は発電量が最大のとき、大型動物を殺すことができる――

ステラは身ぶるいをして、ガートにくっついて体を丸め、タペストリーを頭からかぶり、耳に指をつっこんで、目を閉じた。

風がうなり声をあげる。塔がきしむたびにステラは体をこわばらせる。おばさんたちがとなりの部屋でいびきをかいている、安全なホテルの部屋のことを考える。ホテルに帰りたい。

ステラはつかれはてるまで泣き、とうとう眠りに落ちていった。

バタンという大きな音がして、ステラは体を起こした。ドキドキする。耳をすますが、風と波の音しか聞こえない。

手さぐりでガートの肩をゆすり、ささやく。

「起きて」

「……なあに？」

ガートは体を起こした。

ステラはガートの腕をつかんだ。

「音が聞こえたの」

しばらくすると、声が聞こえた。階段をのぼってくる足音がする。ステラは息を止めた。ガートがふるえているのがわかる。ドアの下に明かりが見え、鍵がガチャガチャ音をたて、ドアが開いた。

ランタンの明かりがまぶしい。

やせた人影が入り口に立った。山高帽と長いコートから水がしたたっている。

教授だった。

22

教授が来た！

教授は二歩進んで部屋に入ってきた。めがねのレンズに明かりが反射する。ステラはつばを飲みこんだ。何かいおうとしたが、かすれた音しか出ない。教授がそばにきて、ステラの腕を引っぱって立たせた。ステラはふりほどこうとするが、寒さで体がこわばっているし、教授の力は強すぎる。教授はガートもつかまえた。ガートはもがき、教授の手袋をはめた手を爪でひっかく。

「はなしてよ」

教授は逃げようともがく二人を部屋から引きずり出し、らせん階段におしやる。ステラはつまずいて、階段から落ちそうになった。

階段の下は広い玄関ホールだった。外の暗やみから冷たい雨がふきこんでくる。教授は小さなドアに向かって二人を引きずっていこうとする。ドアは開いていて、中から弱い明かりがもれている。

ガートがとつぜん体をひねったので、教授はバランスをくずし、ランタンを落とした。ランタンは石の床に落ちて、割れてしまった。

「ガート、逃げて！」

やみの中でステラはさけび、教授の腕にしがみつく。コートがぬれているので手がすべる。

「逃げて！」

ステラはもう一度さけんだ。

ガートは一瞬ひるんだが、アーチ型の入り口から嵐の中にとびだした。教授はののしり声をあげ、ステラをつきたおすと、長いコートのすそをひらめかせて、ガートを追った。ステラは立ちあがって、教授のあとを追う。

冷たい雨がふりしきっていた。下であわだつ波がぼんやりと光っている。石段は土手道に向かって続いている。

ステラは石段をおりはじめた。でこぼこしているし、すべりやすい。一段一段、ソロソロとおりることしかできない。近くで、もみあうような音が聞こえた。教授がののしり、ガートが悲鳴をあげる。ステラは立ち止まって、目をこらす。

とつぜん、暗やみから教授があらわれた。ガートを引きずっている。

「この大悪党。はなしな！」

ガートはもがきながらいう。

ステラは上に逃げようとしたが、教授に腕をつかまれ、後ろにひねられた。たおれそうになったが、教授ががっしりとおさえ、ガートといっしょに石段をおしあげる。上につくと、玄関ホールから、さっきの小さなドアに向かって引きずっていき、中に入って鍵をかけた。

部屋は静かだった。厚い石壁が嵐の音をやわらげている。歯をくいしばった教授の口から、いかりの息がもれる。教授は帽子とぬれたコートをぬぎ、ドアの横にかけた。ガートは鼻血が出ていて、腕のようすが変だ。肩をいためたようだ。

「だいじょうぶ？」

ステラはささやいた。

「うん」

ガートはうなずいたが、とても顔色が悪いし、ショックを受けているように見える。

部屋には本棚、箱、紙の束などが、ならんでいた。

教授は大またで作業台のところに行った。一冊の本が開いていて、セピア色のインクで細長い書体の文字がびっしりと書いてある。

木工用の工具がきちんとならべてかけてあり、ひも、のり、釘を入れたびん、板などがある。小さな劇場の舞台があり、マジックをしている小さなロウ人形もある。

ロウソクの炎が、たくさんある鏡にうつってゆれているが、高い、わんきょくした天井には光がとどかない。暗やみから真っ青な顔があらわれたのでステラは息を飲んだ。しかし、それは鏡にうつった自分の姿だった。ゆがんだ鏡のせいで顔もゆがんで見えるので、自分だとわからなかったのだ。

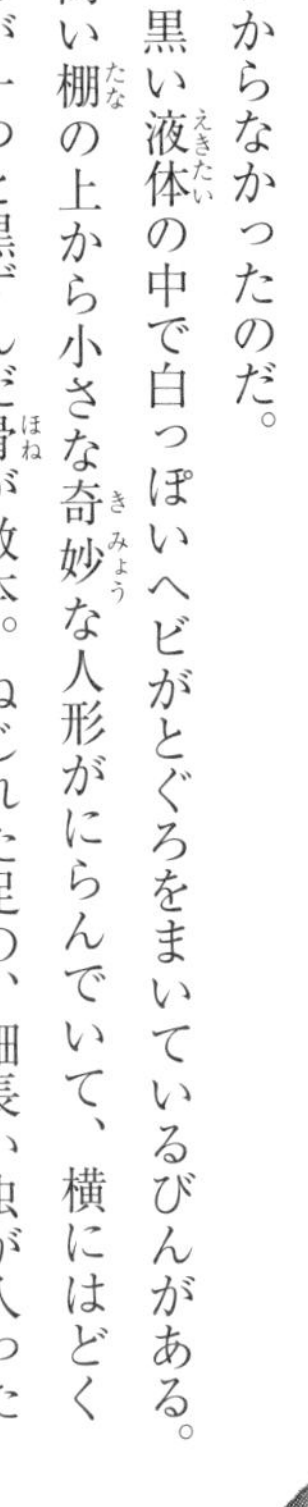

黒い液体の中で白っぽいヘビがとぐろをまいているびんがある。高い棚の上から小さな奇妙な人形がにらんでいて、横にはどくろが一つと黒ずんだ骨が数本。ねじれた足の、細長い虫が入った琥珀もある。

何かが動いた。ベンが暖炉の横にかがみこんで、火をたく準備をしていた。

教授は手袋を取った。青白い手にはめた黒い石の指輪が、ロウソクの

明かりを受けて光る。教授は指輪をまわしていった。

「急げ、少年。もう馬の世話はしたのか？」

ベンはおずおずと顔をあげ、教授の指輪を見た。ほおに黒いあざができている。ベンは頭をさげて、「はい」と小声でいい、ステラと目をあわせずにまた火に体を向けた。

「ここがわたしの仕事場だ」

教授は大きく手を広げた。

「このさびれた島は、わたしの目的にぴったりなのだ。わたしたちマジシャンは、職業上の秘密を守らなければならない。そして、わたしは多くの秘密を持っている。おまえたちが、すでに目にしたものもある。幸いにも、修理不可能なほどの損害はあたえられなかったがな」

教授は、作業台を指さした。

〈栄光の手〉がつぶれたようなかっこうになっている。その横には、あの小さなカブトムシがあおむけになっていて、中にあったゼンマイ仕かけが皿にのっている。

「手間をかけさせられた」

教授はきつい声でいった。

「わたしの計画をじゃましたことを後悔させてやる。二人ともな」

教授は部屋の反対側に大またで歩いていった。

「もう、おしまいだ。あれをわたしなさい」

「わたし、持っていないわ」

ステラはいった。

「持っているはずだ」

ステラはあとずさった。ガートが一歩教授に近づくが、かんたんにおしのけられ、壁にぶつかってうめき声をあげる。教授はステラの肩を、歯がガチガチ鳴り、頭がクラクラしてなみだがこぼれそうになるまで、ゆすった。

教授は指輪をまわした。ロウソクの光があたって、黒い石が赤く光る。

「少年」

教授はステラから目をそらさずにいう。

「どこにあるんだ?」

「ベン、だめ！　話さないで」

ステラがさけぶ。

ベンの顔はかげになっていて見えない。ベンは、まるで、意思に反してのどから言葉が引きだされるかのように、低い、みじめな声でいった。

「その子の首にかかっています」

「だめ！」

教授はステラの首をつかんだ。ステラはもがくが、教授はステラの服の下に手を入れ、リボンをつかんで、フィルバート氏の包みを引っぱり出した。リボンを引きちぎり、ステラをつきはなす。

ステラは後ろ向きによろめいてひざをついた。

教授は小さな包みを手でおおい、歯の間から息をもらした。

「とうとう」

と、つぶやく。ステラに背を向けて、作業台に近よる。袋からフィルバート氏の包みを取り出し、しんちょうに油布と紙を広げる。

「おまえたち、運がいいと思いなさい。全員だ。これから目にすることは、想像を絶することだからな」

「や、やめて」

ステラは立ちあがり、ふるえながら息をする。

「あけないで」

教授はニヤリとした。

「おまえは、何も知らない。現代では、昔の力のかすかなこだましか感じることができない。遠い昔から伝えられてきたささやきは、どんどん弱められた。わたしが集めてきた物、あるいはこの少年の幻視する力に残されたかすかな痕跡。無知な観客を感心させる鏡や金魚のトリックには価値がない。かつて存在した不思議な力の記憶は……」

教授はかがやく銀のびんを、青白い、長い指でころがした。すべるような音がし、壁の影がゆれた。

「ここに、このびんの中に、やどっている。長い年月、封印されてかくされていたにもかかわらず、まっさらなままの力が」

ステラはベンを見た。火の横にうずくまり、インクのしみのついた手で顔をおおっている。ネコのシャドーがベンの肩にのり、毛をさかだて、黒い目を見開いて、教授を見ている。

「これをかくした者は、これがわすれさられると思った。ハシバミの木がずっとかくすはずだった。これを理解できず、おそれる、おろか者がこれをかくそうとした。しかし、わたしは書物を読み、なぞを解き、どこにうめてあるのか発見した。そして、わたしは、あのあわれな老いたドリュアスに勝ったのだ」

教授は銀色のナイフでびんの封を切りはじめた。

「とうとう、わたしのものになったのだ。わたしは、彼を解き放つ」

ステラは気分が悪くなった。のどに冷たいかたまりができる。

「グリムペン大魔術師」

教授(きょうじゅ)はうやうやしくいった。

「かの時代の最高位の魔術師(まじゅつし)。だまされて、閉(と)じこめられたが、わたしが解(と)き放(はな)つ。わたしにほうびをもたらすであろう」

教授は顔をかがやかせながら、びんのコルクをぬいた。

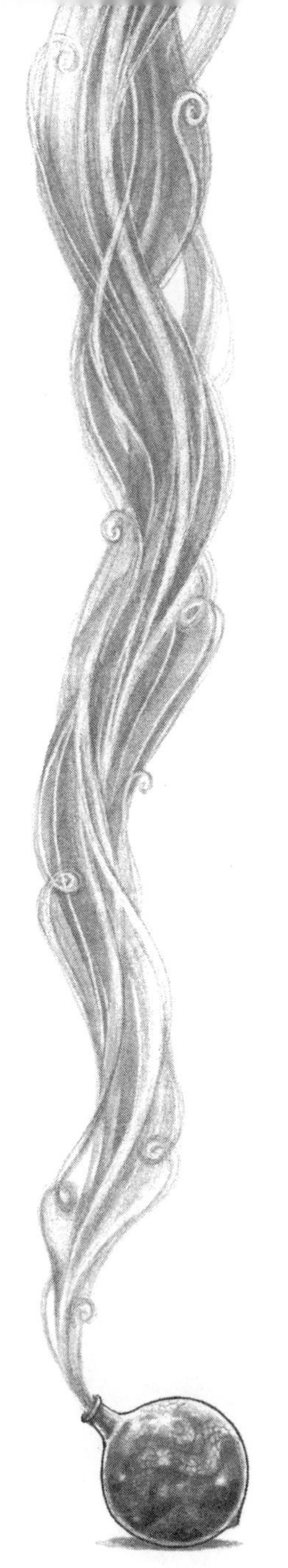

23

グリムペン大魔術師

少しの間、何も起こらなかった。部屋は静まりかえり、塔の外でうなり声をあげる風の音が聞こえる。

教授は両手でびんを持った。びんはロウソクの明かりを受けてかがやき、教授のめがねのレンズで銀色のものがゆれる。後ろで何か黒いものが動いたような気がしてステラはパッとふりむいたが、ゆらめく影しか見えない。

びんから、小石だらけの浜に打ちよせる波の音のような息が出て、うすい煙がユラユラと立ちのぼり、消えた。

ステラは背中がゾクゾクした。

びんから、また煙がヘビのように出てきた。うずまき、波打ち、まるで自分の道をさぐるようにのぼっていく。びんはさらに明るく銀色にかがやいた。

教授は歯の間から息をすいこんだ。手がふるえ、関節が白くなっている。びんからは、さらに煙が出てきて、クネクネと立ちのぼり、濃くなってうずまきながら、ぼんやりとではあるが、たくさんの生き物の顔やまがりくねった体ができてくる。

「あわわ」

ガートがつぶやいた。

シャドーがいかくするように鳴き、ベンの肩に爪をくいこませ、耳を頭につけ、しっぽをブラシのようにふくらませた。

またびんから風のような息が出た。空気が動くのを感じる。作業台の上の本のページがはためき、びんから煙がねじれながら立ちのぼる。こんな小さなびんから、こんなにたくさんの煙が出るのが信じられない。みんなの頭の上の方に太い煙の柱ができた。煙でできた、たくさんの顔が大きく口をあけた。魚が海草の間を泳ぐ。不思議な生き物たちは体をくねらせ、のたうち、消えた。

髪の毛がとばされて顔にかかったので、ステラは、はらいのけた。煙の中に体がクネクネした何かができていく。頭を左右にまげる。はく息の音がどんどん大きくなり、大波が打ちよせるようなとどろきになった。

教授がさけび声をあげて、びんを作業台に落とした。指が白く、水ぶくれになっている。びんは氷の結晶のようなものでおおわれている。

部屋の中に冷たい風がふきあれる。紙が舞いあがり、ロウソクがジュッと音をたて、暖炉の火がはげしくゆれる。

ステラはそっと、作業台の下の床に落ちているびんのコルクを見た。教授は、煙を見つめている。

教授の背中を見ながら、そっと後ろに行き、かがんでコルクをひろう。コートのそでの折りかえしを広げ、厚手の生地で手をおおった。

煙の中の生き物は自由になろうともがいているようだ。巨大な頭と長い首をクネクネとまげてのたうちまわる。

教授の顔が希望に燃えている。

「大魔術師さま。お聞きください」

煙の生き物は頭をあげた。顔はまだ半分しかできておらず、変化している。口を大きくあけて、ほえた。

ステラは教授の前に突進し、びんに手をのばす。手をおおっている厚手のコートのそでが、氷のような冷たさをふせいでくれる。ステラと同時にガートが教授にとびかかり、腕をつかんだ。教授はののしり声をあげながらガートをふりほどき、ステラをつかんだが、傷ついた手の力は弱かった。ステラは教授の手からのがれて、もう一度びんに手をのばした。教授は乱暴にステラをおしのけ、指輪をまわして、さけんだ。

「少年！　こいつらをおさえろ！」

ベンはステラの腕を引っぱって作業台から遠ざける。顔が真っ青で、目がすわっている。

「はなして」

ステラがあえぎながらいう。

ベンは力をふりしぼって呼吸し、ささやいた。

「できないんだ」

それ以上言葉は出てこなかった。ベンは首をふった。教授の指輪を見つめている。

そのとき、ステラは気づいた。ベンに命令するとき、教授がいつも指輪の黒い石をまわしていることを。

ステラはベンの手をふりはらって教授の腕にとびついた。教授はののしり声をあげ、ステラの横っ面をたたいたが、ステラは教授の手首にしがみつき、なんとか指輪を引きぬいた。

「やめろ!」

教授はさけんだ。

ステラは指輪を床に投げ、びょうのついた重いブーツでふみつける。グシャッという音がし、石が割れ、床に点々と赤いしみがついた。

ベンは息を飲んで、よろめいた。ぽかんとした顔をしている。

「教授が……いなくなった」

ベンは両手で頭をおさえた。

「いなくなった」

またいう。

「そいつをおさえろ、少年！」

教授がさけんだ。

ベンはあとずさりして、まっすぐ立った。そして、深呼吸していった。

「いやだ」

教授は何かいったが、煙の生き物がまたほえたために、聞こえなかった。みんながその巨大な生き物を見あげる。うずまく柱のような姿は天井にとどきそうだ。天井の暗がりから、顔が見おろす。目はガス灯のようだし、口は歯のついた洞窟みたいだ。

「大魔術師さま、わたしの話を聞いてください」

教授がいった。生き物は首を左右にふり、またほえた。

「大魔術師さま。わたしは、アロイシアス・スタークと申します」

教授の声はふきあれる風にうもれる。棚からガラスのつぼが床に落ちてくだけ、ロウソクの炎がゆれて消えた。

ステラはまたコルクを持って前にとびだした。教授がステラの体をおしのけ、引きずる。ステラはその手をふりほどき、びんをつかんだ。おしよせる煙が口や目に入り、せきこむ。煙のせいで見えない。コートのそでの厚い生地を通しても、びんはステラの手をこおらせる。ステラは歯をくいしばって、びんにコルクをはめようとした。教授はステラの動きを止めるようにかかえこみ、体を持ちあげた。ステラは足をばたつかせる。けれど、教授の力は強く、ステラの指をこじあけてびんを取ろうとする。

ベンとガートがいっしょにとびかかったので、教授はよろめき、手の力がゆるんだ。ステラはもがいて自由になる。作業台の向こうにある、背の高い戸棚の裏のすきまにかけこんだ。息をはずませながらも、びんにコルクをはめようとする。手がかじかんでいるし、目に煙が入るので、なかなかはまらない。

取っ組みあうような音がする。ガートのさけび声。何かが落ちてくだける音。

ステラは歯をくいしばり、指をはいあがってくる痛いほどの冷たさをこらえながら、びんにコルクをおしこんだ。

上の暗やみから耳をつんざくようなほえ声が聞こえた。ドアがすさまじい音をたててあき、雨と風、それに波の音が入ってきた。

「やめろ！」

教授がさけぶ。声が、いかりでかすれている。

教授がふりむいたが、ステラは教授に見つからないことをのぞみながら、身をちぢめた。まるで、体がうすくなって、暗やみにとけこんでいくような感覚で、頭がクラクラする。教授がよろめきながらステラの方に来る。ステラは身じろぎしない。教授の目がステラの後ろに向いているような気がする。まるで、ステラが見えていないかのようだ。

ステラの方に手をのばしては、空をつかむ。教授の手がステラの首にふれると、その手が体を通り過ぎるのを感じる。教授は手さぐりするが、何もつかめない。

教授はあえいで、あとずさりする。目はステラをまっすぐ見ているのに、どういうわけか見えていないようだ。ステラは部屋がグルグルまわり、自分が消えていくような感覚がした。教授がまたステラをつかもうとした。

ベンが体あたりすると、教授はたおれて、作業台で頭を打った。

ベンはステラの腕を引っぱって立たせた。キャンバス地の袋をかかえ、コートのえりの下にはシャドーがもぐりこんでいる。

「逃げなきゃ」

ベンがいった。

「でも――」

めまいがする。

「行こう」

ガートがいった。ベンがステラを引っぱってドアに向かう。

煙のヘビがまたほえた。

教授がヨロヨロと立ちあがり、ステラをつかもうと手をのばすが、ステラは教授の手の下をくぐりぬける。

「もどってこい。それをよこせ」

教授はうめいた。

ステラは銀のびんをコートのポケットに入れ、ボタンをはめると、外にかけだした。

冷たい風と雨で息が苦しい。もうすぐ夜明けだ。鉛色の空に黄色いすじが出ている。岸に向かってのびている土手道は、ほの明かりの中でかすかに光っている。

ガートは顔が真っ青で、寒さにふるえている。ベンがコートをぬいで、着せかけた。ガートはけがをした腕をそでに通すとき、顔をしかめた。

「走らなきゃ」

ベンが土手道を見ながらいった。片手でシャドーをシャツの中につっこみ、片手でキャンバス地の袋をかかえた。

「時間がない。潮目が変わる」

「走れる？」

ステラはガートの肩に腕をまわした。ガートはくちびるをかんだが、心を決めたようにうなずいた。

三人は石段をころがるようにおり、土手道を進む。敷石は割れてでこぼこで、海草がひっかかり、貝がかたまってくっついている。土手道の両側では黒い水がうずまく。ぬれた敷石の上でステラのブーツがすべった。雨のせいで髪の毛が顔にへばりつく。風が打ちつける。ステラとガートはだきあってささえる。体をまっすぐにするのがむずかしかった。

大波が土手道に打ちよせた。三人の足もとで水がうずまく。ステラは足を取られてころびそうになった。ベンがキャンバス地の袋を肩にかけ、ステラの手をつかんだ。三人は氷のように冷たい水の中、すべったりころんだりしながら進む。

水しぶきの向こうに、岸がぼんやりと黒く見える。カモメたちが鳴きながら飛びさっていった。水しぶきが舞い、海水でのどが痛い。ステラはせきをし、のどをつまらせ、あえぎながら走る。また、土手道に波が打ちよせた。うずまく水が足首まで来る。三人はなんとかバランスを取りながら、水をかきわけて進む。水がステラの足を引っぱる。ブーツが石のように重い。ぬれた服が体にへばりつき、とても重い。三人は走りつづける。

ステラは一瞬足を止め、塔をふりかえってドキンとした。教授が馬に乗って追いかけてくる。馬の首の向こうにかがんだ教授のシルエットが見える。馬のひづめから水しぶきがあがる。

ベンもふりむき、

「走れ」

とさけんだ。

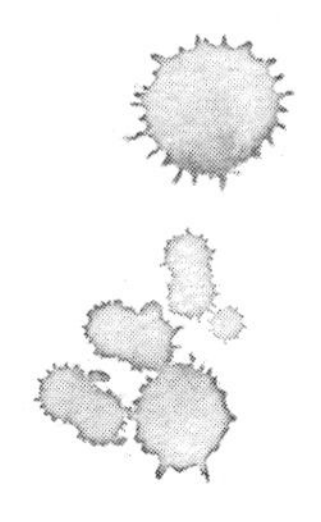

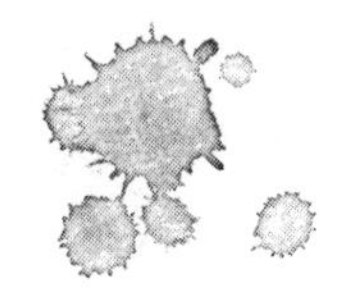

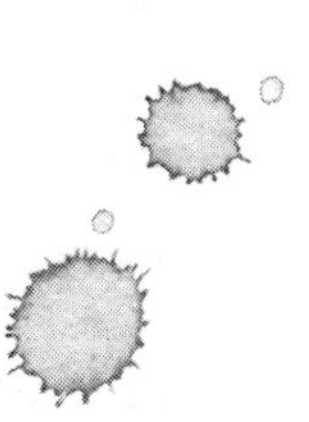

24 脱出

　三人は息を切らし、水をはねあげ、すべりやすい敷石(しきいし)に足を取られながら、全力で走る。岸は見えてきたが、馬のひづめの音がどんどん近づいてくる。

　ベンはふりむきざま海草ですべり、さけび声をあげてうずまく海に落ちてしまった。

　ステラとガートはひざまずいた。とがった貝殻(かいがら)で足にすり傷(きず)ができた。ベンは海水を飲みながらもがき、恐怖(きょうふ)に目を見開いている。ステラはぬれてすべるベンの手をつかんで引っぱる。ベンはシャドーをだき、せきをしたり、水をはいたりしながら、ゼーゼー息をして土手道によじのぼる。ステラとガートはベンを立たせた。

「行きましょう」

　ステラがいった。

　だが、おそすぎた。教授(きょうじゅ)の馬がそばまで来て、こちらを見おろしている。馬は巨大(きょだい)に見えた。あらい息をしながら足をふみならしている。教授が身をかがめ、かぎ爪(づめ)のような指をステラにのばす。めがねをかけていない目が、ぬれた小石のように光っている。

また波が土手道に打ちよせ、ステラはころびそうになった。教授はステラの腕をつかんだ。ステラはもがいて、それをふりほどく。

「それをよこせ！」

教授がさけんで、またステラの腕をつかんだ。ベンが引きはなそうとする。

そのとき、風の音より大きな音が聞こえた。

ガートが悲鳴をあげる。

教授はふりむいて、何かさけんだが、なんといったのかわからなかった。教授はステラをはなし、両手をあげて、またさけんだ。

巨大な波が土手道に打ちよせ、ステラたちをころがす。ステラは息ができず、目が見えなかった。水中で岩にぶつかる。もがきながら水面から顔を出す。なんとか息をすいこんだが、またしずんだ。足が立たない。肺が破裂しそうだ。しずんでいく。おぼれる。

下の暗やみから大きな青白い影があらわれ、ものすごいスピードでそばを泳ぎさった。ステラの体はグルグルまわり、砂や小石の上を引きずられる。冷たい波が打ちよせて、うずまく。ステラは息をすおうとして、海水や煙にむせた。

巨大なヘビがステラのそばにいた。大きな魚のようにやすやすと波を切って進む。長い首につい

た大きな頭が水からあがった。ステラの頭上で、考えられないくらい大きく口をあけ、とどろくようにほえた。冷たい煙が ステラにぶつかり、あたり一面、煙と海水と水しぶきでいっぱいになった。ステラはまた水に引きこまれる。

もがきながら水面に出ると、教授が土手道にしがみついていた。頭上にそびえる巨大なヘビに片手をあげている。

ヘビは大声でほえた。それから、えものをおそうように教授にとびかかり、飲みこんでしまった。

土手道にはだれもいない。教授はいなくなってしまった。

ステラはまた、海の中に引きこまれた。水はうずまき、打ちよせる。息ができない。肺が焼けつく。波がステラを持ちあげ、砂と小石の上に投げつける。ステラはうずまく水の中でもがく。やがて浅瀬に手とひざがついた。

沖では、巨大なヘビの弓なりの背中が波間に見えている。ヘビはまたほえた。その体から煙が立ちのぼり、ふきとばされていく。しばらくの間、巨大なヘビが、波間を泳ぎさるのが見えていた。やがて銀色の煙になり、うずまき、バラバラになって、消えてしまった。

ステラは寒さにふるえ、めまいがし、クタクタだった。体じゅうが痛い。せきが聞こえた。ガー

トが水の中でもがいている。ステラは立ちあがって、よろけながら海に入っていき、ガートを助けた。二人は、息を切らし、ふるえながら、波が来ない岸にヨロヨロとあがった。

「見て」

ガートがいった。浜のずっと向こうに黒い形が見える。二人はかけよった。ベンがあおむけになり、真っ青な顔で、目を閉じていた。ひたいに、ひどい紫色のすり傷がある。シャドーが心配そうに鳴いて、ベンの閉じた目を前足でたたいている。

「ベン？」

ステラが声をかけた。ベンは返事をしない。顔にふれると、身動きして何かつぶやいた。体が冷たい。ステラはベンをゆすった。

「起きて」

ベンは目をあけ、

「何？」

とだけいうと、また目を閉じてしまった。

「起きて。助けをよびに行かないと」

ベンはまばたきをして、目をあけ、ぼうっとステラを見た。

「わたしよ、ステラよ。それにガートもいるわ」

「ステラ」

ステラとガートはベンの腕を引っぱって立たせた。ベンはよろめいて、ひざに手をついた。

「だいじょうぶ？」

ガートが背中をなでながら聞いた。

「歩ける？」

ステラも聞く。

「うん。たぶん」

ベンはふるえながら立ったが、またよろめいた。シャドーがベンの肩によじのぼり、はげますように鳴いて、ベンの耳をかんだ。

ステラはベンのぬれたキャンバス地の袋を肩にかけた。自分のコートのポケットに手を入れると、小さな袋にふれた。銀のびんはまだ入っていた。目の上に手をかざして雨をよけながら、あたりを見まわす。この明るさは昼間のようだ。土手道はまた、ほとんど水没している。沖では、あの島に波が打ちよせ、しぶきをあげている。

どこか雨をさけられるところを見つけなければならない。どこにあるだろう？

「行きましょう」

ステラはベンの腕を取った。

風は氷のように冷たかった。三人はびしょぬれで、ふるえ、体をささえあいながら、浜（はま）を歩く。目を閉（と）じているベンがつまずいた。ステラはベンに腕をまわした。

「目をあけて」

ぬれた髪（かみ）が顔にかかったので、それをはらいのけ、まばたきして目に入った雨を追いだす。

浜のずっと向こうから、人影（ひとかげ）が近づいてくる。

ステラはさけぼうとしたが、頭がクラクラするので、しゃがれ声しか出なかった。

人影が手をふっている。たくさんの小さな影がその人影を取りかこみ、明るくなったり暗くなったりする。

ステラはもう一度さけぼうとした。

だれかのさけび声が聞こえた。その人影が近づいてくるのが見えるが、そこまでとても遠く感じるし、目がまわる。

そして、真っ暗になった。

25

カペッリ氏との再会

夢からさめたステラの耳に音楽が聞こえた。

目をあけると、せまい部屋の中のせまいベッドに寝ていて、毛布が何枚かかけてあった。あたためたレンガが足もとにある。音楽はそばから聞こえる。聞きおぼえがある。息がもれるような、蒸気オルガンのような音だ。ステラはつばを飲みこんだ。口にオレンジとハーブの味が広がる。

ステラは体を起こして、あたりを見まわす。めまいがするし、頭がぼうっとしている。黒っぽい木とピカピカした真鍮が見える。二段ベッドが二つある。天井はわんきょくしていて、葉や花の絵がかいてある。頭上のフックから銅の鍋がぶらさがっている。バラの模様のタイルでかこまれた小さなストーブが、彫刻がほどこされたマントルピースの下にある。部屋のすみには、針金でできたケージや籐で編んだかごが積み重ねられていた。小さな窓から弱い太陽の光がさしこんでいる。

ここはどこだろう？　コートのポケットに入れておいた銀のびんを探そうとしたが、コートがない。今は、大きすぎるリネンのシャツを着ていた。そでが手の下にぶらさがっている。自分の服はどこだろう？　銀のびんはどこだろう？　それにガートやベンは？

ステラはこわばった体でベッドからおりた。体じゅうが痛い。窓から外を見ると、海に向かって小石の坂があった。近くの大きな岩の上で、一羽のカモメがステラをにらんだ。遠くに、あの島が見える。まわりに打ちよせる白波が太陽の光を受けてかがやいている。

ステラはしのび足でドアまで行き、静かにあけた。外に出ようとして、おどろいて足を止めた。美しい箱馬車の入り口に立っていたのだ。階段が三段ついている。ステラは階段をおりた。馬車は赤、青、金にぬられ、横に、なめらかな金色の文字でこう書いてあった。

シニョール・カペッリの訓練されたネコたち
すばらしいパフォーマンス

近くで流木が燃やされていた。ひもにかけた服が風にそよいでいる。二頭の馬が岸に生えている細い草を食べている。

カペッリ氏が火のそばに立ってバイオリンを弾き、七ひきのネコがまわりの石の上でうたっていた。ベンとガートは毛布にくるまって火のそばにすわり、スープを飲んでいた。シャドーはベンの肩にのって、ほかのネコたちを見ている。シャドーが試してみるかのように鳴くと、カペッリ氏はほほえんでうなずいた。

「シ、シ（そう）、子ネコちゃん。世界一いい声だぞ」

ベンが、馬車の横に立っているステラを見て、にっこりした。

ガートがステラにスプーンをふった。

「目がさめたんだね」

カペッリ氏は演奏をやめて、ふりむいた。

「ステラ・モンゴメリー。あんたにまた会えて世界一うれしい」

カペッリ氏はバイオリンをおいて、早足でステラのそばに来た。

「だいじょうぶかね？　頭は？　心臓は？　足は？　完全にこおっていない？」

「だいじょうぶです、ありがとう。でも――」

アルフレドがしっぽを立ててトコトコとそばにやって来たので、ステラはかがんでなでる。ほかにも何びきかステラの足のまわりに集まった。ステラはネコたちをなでた。

「来なさい」

カペッリ氏がステラの肩に赤い毛布をかけ、火のそばにいざなった。

「ここにすわりな」

ガートはベンとの間にある石をたたいた。

「魚のスープはどうかね？」

カペッリ氏は火の横においた湯気のあがる鍋からスープをよそい、ステラにわたした。

「ありがとう、カペッリ氏。でも、どうやって――」

「教授のあとをつけたんだって」

ガートがかわりにいった。

「イエス、イエス」

カペッリ氏はうなずきながらお玉をふりまわす。

「そのとおり。きのう、あんたが教授と舞台の上にいるのを見た。あの少年はステラ・モンゴメリーだ、と思った。わたしは世界一おどろいたよ。教授があんたをキャビネットに入れると、あんたは消えてしまった。わたしはあんたを見つけることができなかった。警察に話そうと思ったが、警察はわたしのいうことを理解できなかった。話を聞こうとしなかったんだ。だから、わたしは教授を見はって、ここまでついてきた。夜中に、沼地をこえてね。しかし、真っ暗で、天気は世界一ひどかった。あの嵐！　わたしは教授を見失った。そこで、朝までここで待っていたんだ。そして、浜にいるあんたたちを見つけた」

「あんたはタラのように冷たかったよ」

ガートがクスクス笑いながらいった。

「あたしたち、あんたの体をこすって、毛布でくるんで、カペッリ氏がトニックを飲ませて、みんなでベッドに入れたんだ」

ステラは口に入れたスープを飲みこんだ。あたたかくて、塩味がきいていて、おいしかった。ものすごくおなかがすいていた。もうひと口飲むと、いった。

「あなたはどう？　だいじょうぶ？」

「見て」

ガートは肩の包帯を見せ、腕を動かしてみせた。

「カペッリ氏がまいてくれたの。うんときつくね」

「痛くない？」

ステラが聞くと、

「全然」

ガートは答えた。

ステラはベンに顔を向けた。

「ぼくもだいじょうぶだよ」

ベンはにっこりした。肩の上のシャドーがかん高い鳴き声をあげ、ベンの耳をかんだ。ベンは指でシャドーの頭をなでた。

「教授は？」

ステラが聞いた。

「いなくなった。おぼれたんだ」

ガートがいう。

「あそこにいるのは教授の馬」

「おぼれたんじゃないよ。食べられたんだ」

ベンがいった。ステラは巨大なヘビが教授を飲みこんだのを思い出した。

「わたしも、あれが教授を食べるのを見たわ」

小さな波にあたる弱い日の光を見て身ぶるいした。

「おそろしかった」

それからベンにいった。

「もう、幻視をさせられないね」

「うん。指輪がなくなったからね。よかった」

ベンは手の甲で鼻をこすった。

「教授はぼくの指を針で刺して、血をあの指輪に入れたんだ。それ以来、教授の命令にしたがわなければならなかった。ぼくの頭の中に教授がいて、命令してたんだ。ここに教授を感じてた」

ベンはひたいを指さした。ステラはまた、ベンはめずらしいうす灰色の目をしているなと思った。

「ベン、変わったね」

ステラはいった。ベンはうなずいて、にっこりした。

「うん。きみが指輪をこわしたとき、教授から解放されたのを感じた。助かったよ」

ベンはぎごちなくつけたした。

「ありがとう」

ステラはほおが赤くなるのを感じて、火に顔を向けた。

「フィルバート氏のびんは？」

「だいじょうぶ。ここにあるよ」

カペッリ氏が大きくうなずいた。箱馬車に入っていき、しばらくすると、何かを両手に持ち、まるでそれが爆発物であるかのようにソロソロと歩いてきて、ステラにわたした。ふきんでくるまれている。ステラがふきんをあけると、銀のびんが太陽の光を受けてかがやいた。手に取ってのぞきこむ。中で青白い小さなものがクネクネしているような気がする。そっとびんをゆすると、かすかな音がした。遠くで水がチョロチョロと流れるような音だ。

「まだ、何かが入っているわ」

ステラは親指で、コルクをさらにおしこんだ。ベンがうなずいた。

「きっとあのヘビの一部だ。全部出られなかったんだ。だから、煙のままで本物のヘビにならなかったんだと思う。あのとき、きみがコルクをはめていなかったら、全部出てしまって、今ごろヘビの化け物が泳ぎまわって、嵐を起こしたり、人間を食べたりしてたよ」

ステラは化け物のようなヘビを思い出して、また身ぶるいした。びんをしんちょうにもとのように包む。

「教授を食べて、そして、消えてしまった。教授は、びんをあけたとき、大魔術師が出てきて、ごほうびがもらえると思ったんだ。だけど、出てきたのはヘビだった」

「どういう意味？」

「あれが、グリムペン大魔術師だったんだ。教授はいつもその話をしていた」

「グリムペン大魔術師ってだれ？」

「どんな話？　あたしたちに話して」

ガートがいい、カペッツリ氏もよってきた。

「イエス、イエス」

　ネコたちも背中をのばしてすわり、注目する。

「じゃあ」

と、ベンはみんなを見まわした。

「昔のことなんだ。とても昔の。グリムペン大魔術師があの城を建てた」

　ベンは海の向こうにある島を指さした。

「今は廃墟になっているけど、昔は小塔や防波堤なんかがあった。教授にその絵を見せられたことがある。昔はずっと大きな、ちゃんとした城で大魔術師が住んでいた。大魔術師は、どんなマジックもできた。鳥や魚に変身したり、天気を変えることができた。昔の正式なマジック、本当の魔法だよ」

　ベンは言葉を切って、みんなを見まわした。みんなが、本当にそんな話を聞きたいのか、たしかめたいという顔だ。みんながうなずき、ガートがいった。

「続けて」

　ベンは少し自信を持って続ける。

「はじめは、村人たちを助けた。雨をふらせたり、まいごのヒツジを見つけてあげたり。だけど、それだけでは満足できなかった。たくさん魔法が使えて、それがじまんだったたから。それに、金貨がほしかった。けれど沼地に住んでいる人たちは貧しくて、お金がはらえなかった。海草と魚の内臓くらいしかあげるものがなかったと思う。それで、大魔術師はおこって、ヘビに変身し、嵐を起こし、巨大な波が沼地におしよせた。村がひとつ波にのまれて、村人はおぼれた。そこで村人たちはヘビを殺そうとした。だが、ヘビは少し切っても、またそこから生えてきた。そして、よけいにいかりくるった。村人たちは彼をだまして変身させた。クマ、オオカミ、ワシ。それから村人たちはいった。小さな生き物に変身できるか？　できないだろう。そこで、彼はミミズに変身した。村人たちはミミズを小さなびんに閉じこめ、びんを安全にかくせる、魔法の木の下にうめたんだ。村人たちは、それで彼はおわりになると思った」

「でも、それって、小さな子どもに話すお話じゃない。おとぎ話」

　しばらくしてガートがいった。

「本当の話じゃないよ」

　ベンはうなずいた。

「みんながそう思ってる。でも、教授はそう思わなかった。教授は古い本を読んで、どこにびんがうめられているか発見したんだ。教授は、そのびんをあけると、グリムペン大魔術師が出てきて、ごほうびをくれると思ったんだ。何か魔法を教えてくれると期待した。だが、大魔術師はヘビの形で出てきた。それに、長い年月びんに閉じこめられていたので、腹を立てていた。だから、教授を食べちゃったんだ」

しばらく、だれも何もいわなかった。ステラはたき火の青い炎がゆれ、はじけるのを見ながら教授のことを考えた。教授はひどいことをしたし、かわいそうなフィルバート氏を殺した。けれど、希望に燃えてびんをあけたとき、教授の顔がかがやいていたのを思い出した。それから、ヘビが近づいていったとき、恐怖にさいなまれた顔をして土手道にしがみついていたことを。あんなふうに食べられるのは、さぞおそろしかっただろう。

「教授がかわいそうだと思う」

ステラがいった。

「ぼくは、そうは思わない」

ベンがいった。

「あたしも」

ガートは包帯をまいた肩をこすった。

「ばちがあたったんだ」

26

水没した村

火がパチパチ音をたて、ネコたちがうたい、ひもにかけた洗濯物が風にはためく。ベンの肩の上で、首をかしげてほかのネコたちをじっと見ていたシャドーが、かん高い鳴き声をあげた。ベンはにっこりして、シャドーをなでた。

ステラは食器をおいて、両腕で体をだきしめ、音楽を聞き、風に舞うカモメたちを見ていた。太陽の光を受け、海はかがやき、白波が島に打ちよせる。

ふと、島で戸棚の後ろにかくれたとき、教授の手が自分の体を通りぬけたことを思い出した。まるで、あそこにステラがいないかのようだった。ステラは、そのときの、わけのわからない、体が消えてしまうようなクラクラする感覚を思い出して身ぶるいした。まるで、お茶に入れた砂糖がとけるような感覚だった。

毛布の下で、ステラはひじの骨をぎゅっとにぎった。いつものようにかたい。消えるなんて、ぜったいに不可能だ。夢を見ていたのだろうか？　ステラはベンやガートやカペッリ氏に聞きたかったが、本当に自分が答えを知りたいかどうかわからなかった。もし、自分が、フィルバート氏のびんの中のミミズみたいにおそろしいものだったらどうしよう？　あるいは、煙になって消えてしまったヘビのようなものだったら。

ステラはつばを飲みこんで、首をふり、自分が自分でなくなったような、わけのわからない感覚をふりはらおうとした。

音楽がやみ、カペッリ氏はバイオリンをおいて、それぞれのネコに声をかけながらなでた。シャドーには、こういった。

「とてもいいよ、子ネコちゃん。きみには才能がある」

ベンがにっこりした。シャドーがベンの耳をかむ。

「もうだいじょうぶかな？　みんな、元気になったかい？」

カペッリ氏が聞いた。三人はうなずいた。

「あんたは、おばさんたちのところにもどるのかな？」

ステラに聞いた。

「おばさんたちは、世界一おこるだろう。それに、警察があんたを探していた」

「はい」

ステラは気が重かった。おばさんたちは、ものすごくおこっているだろう。でも、どんなにおこ

られても、教授やグリムペン大魔術師のヘビよりはましだ。ステラは背中をのばしていった。

「はい、おばさんたちのところに帰ります」

カペッリ氏はガートに顔を向けた。

「あんたは、マクタガティ夫人のところにもどるね？」

ガートはうなずいた。

「もちろん。夫人はやきもきしてると思う」

「きみはどうする？」

カペッリ氏はベンに聞いた。

「どこに行くんだ？」

ベンは肩をすくめ、シャドーをなでた。

「ぼくたちのことは、だいじょうぶです」

「どうだろう、わたしといっしょに働くかい？　わたしの弟子になるかね？　わたしのネコたちはきみが好きだ。きみの子ネコはとても才能があるし、うちはソプラノが必要なんだ」

ベンはちょっとカペッリ氏を見つめた。

「すてきなオファーだよ」

ガートがプロっぽくいった。

ベンは少ししてからコクリとうなずいた。

「はい、お願いします」

カペッツリ氏は大きな笑みをうかべ、かがんでベンと握手した。

「世界一すばらしい。いっしょに働こう。わたしのネコたちは、もっと有名になる。わたしたちは、世界じゅうを旅するんだ」

ベンはにっこりして、シャドーをなでた。シャドーはベンの手をきつくかんでから、笛ふきケトルのような音を出した。

カペッツリ氏は、ひもにほした服にさわった。

「ほとんどかわいた。よろしい。わたしたちは、すぐに出発しなければならないのだから。暗くなる前に沼地をこえなければならない」

「ウイザリング・バイ・シーまで、どのくらいあるの？」

ステラが聞いた。

「十六キロか、もっとかな」

ステラとガートは箱馬車の中で着がえをした。ガートのダンス用のドレスはやぶれて、くたっとしていて、ほとんどのスパンコールが取れていた。

「これを見たら、マク夫人がカンカンになるよ」

ガートはクスクス笑った。ダンス用の靴は海でなくしてしまったので、カペッリ氏の古いブーツを借りた。ガートにはブカブカだ。ガートはブーツをはいてこっけいなダンスのステップをふみ、くるりとまわった。

ステラは自分のシャツとコートとズボンを身に着けた。前よりもさらにボロボロになり、海水でゴワゴワになっている。ガートがステラの髪の毛をとかすのを手伝ってくれた。髪の毛はものすごくからまっていたので、カペッリ氏のくしの歯が何本か折れてしまった。ガートが折れた歯をひもで結びつけてなおしたので、ステラもガートの髪の毛をとかしてあげた。

「まき毛がなくなっちゃったね」

ステラはいった。

「あれは自然なまき毛じゃなくて、つくるんだよ」

ガートがいった。

「マク夫人が焼けた火かき棒でまいてくれるんだ」

ステラは銀のびんをコートのポケットに入れた。

「それ、どうするの?」

ガートが、ステラの肩に毛布をかけながら聞いた。

「わからない」

ステラはフィルバート氏の言葉を思い出す。守ってくれ、といった。ステラはポケットのボタンをはめた。

カペッリ氏は箱馬車からネコたちのケージを出してきた。ネコたちはケージに入るのをいやがった。ケージを見ると、背中（せなか）を丸め、しっぽをふくらませていかくし、逃（に）げまわる。カペッリ氏は腕（うで）をバタバタを動かし、英語やイタリア語でネコたちをよぶ。

ベンはシャドーをコートのえりの下に入れ、ジョルジョ、フローラ、アルフレドと順番につかまえていった。ネコたちをなでながら、落ちつかせるようにやさしく話しかける。ネコたちをケージに入れてしまうと、カペッリ氏はいった。

「イエス、わたしのネコたちはきみが好きだ。すばらしい」

ガートはガストーネをつかまえた。ステラはなんとかアニーナを馬車の下に追いつめ、おなかをつかんで引き出した。グイゼッペとヴィオレッタは馬車の屋根に乗ったので、魚のスープの残りでつっておろさなければならなかった。

やっと七ひきのネコのケージを馬車の中に入れおわると（ステラ、ベン、ガートはネコの毛でおおわれ、ステラは何回かひっかかれた）、カペッリ氏はたてがみの長い馬を箱馬車につなぎ、教授（きょうじゅ）の馬を後ろにつけて、前にある広いベンチによじのぼって手綱（たづな）をにぎった。

ベンは、ガートとステラがカペッリ氏の横に乗るのを助けた。ベンもよじのぼりかけ、はっとした顔をして、手で頭をたたいた。

「わすれてた」

ベンは地面にとびおりた。

「何？」

ベンは答えずに、小石の上にあるキャンバス地の袋を取りにかけもどった。ひろって、こちらにかけてくる。

「わすれてた」

とまたいって、足を止めて、袋の中に手をつっこむ。

「あった」

袋から何か出してステラにわたした。

ステラはドキンとした。それは地図帳だった。ぬれて、海水のしみがついていて、ボロボロだ。

ふるえる手で地図帳を受け取る。
「劇場で落としたのを見たから、ひろっておいたんだ」
「ありがとう」
ステラはささやいた。なみだが出る。もう見られないと思っていた。なつかしい表紙をなで、だきしめる。ベンはステラのとなりによじのぼった。カペッリ氏が舌を鳴らして馬に合図すると、箱馬車は動きはじめた。

「ありがとう」

ステラはもう一度いった。馬車は道に向かって砂や小石の上をガタガタ動く。

「どういたしまして」

道がまがって、海岸線からはなれていく。海の音が聞こえなくなった。ずっと沼地が続いている。道は、沼地の堤防の上だ。高さは一メートルもない。沼にくもり空がうつり、背の高いアシの中から小鳥のさえずり声が聞こえる。カペッリ氏は鼻歌をうたい、ときどきハミングに歌詞がまじる。ガートが音楽にあわせて足おき台をブーツでける。シャドーはのどを鳴らし、開いた窓から、中にいるネコたちに向かってチュッチュッというような音をたてる。

ステラはひざに地図帳をのせてなでた。小枝はまだ同じ場所にあった。ステラはリボンの下からしんちょうに小枝をぬき取る。数枚の小さな葉はくたっとなり、形がくずれているが、まだ緑色をしている。

「それ、何？」

ベンが聞いた。ステラはベンに小枝を見せた。

「たぶん――つまり、その――フィルバート氏のかけらだと思うの」

ベンはキョトンとした顔をした。

「ホテルにいた紳士。教授が刺した人よ」

ベンはそっと小さな緑色の葉にふれた。

「かけら？」

ステラはフィルバート氏が枝でできたかかしに変わったこと、この小枝をそのかかしの手の中で見つけたことを話した。

「おどろいた」

ガートがいった。

「暗やみの中、この沼地で古い木の根をほりおこしたとき、あの紳士がどこからともなくあらわれて、そのびんをつかんで逃げたんだ」

ベンが思い出すようにいう。

「彼は木の精ドリュアスだったの。だから、このびんはそこにうめられたの」

ステラは説明した。

「なぜなら、村人たちは、彼が守ってくれると知っていたから。そして、あなたたちが木を切ったとき、彼は目ざめた。びんを守りたかっただけだったの」

「もし、木と同じくらいの年だったら、すごい年寄りだね」

ガートがいった。

ステラはフィルバート氏がどんなに年寄りに見えたか思い出した。

「だから、ホテルに来たのかもしれない。あの水を飲みに。年寄りの体にいいといわれているから。有名なのよ」

ステラは指で地図帳のリボンをほどこうとしたがほどけず、歯を使って結び目をゆるめた。地図帳を開いて、一ページずつぬれたページをはがしていく。なつかしい絵を見るのはすてきなことだった。背中に大きな天蓋を乗せたゾウ、渓谷にかかるアーチ型の鉄橋をわたる列車、沼から半分体を出した、たくさん歯のある大きなワニ。

やっと探していたページが見つかった。長い、まがりくねった海岸線に町が点在している。ステラはベンに指でしめした。

「見て。わたしたち、ここにいるの」

この見わたすかぎりの沼地は、地図帳では名刺ぐらいの大きさだ。

「ここが、あの島」

土手道は海につきだした小さな点線で示されている。島はピンの頭ぐらいの緑色の点だ。

「ウイザリング・バイ・シーはこれ」

ステラは沼地のはずれにある点を指さし、声に出して読む。

「この地域の健康によいミネラルウオーターは昔から有名で、リューマチ、痛風、ヒステリー、高齢にともなうすべての病気に効果がある」

ベンは興味深そうに地図を見た。

「そこに丸ごと入ってるんだね？　小さいだけで」

ステラはうなずいた。

「世界じゅうが入っているの」

といってベンに地図帳をわたした。ベンはそれをひざにのせ、沼地の道を指でたどる。

「見て」

ベンが指さした。

地図には白カビと海水のしみがついているが、道から沼地の真ん中にある小さな点につながっている、不明瞭なクネクネした線が見える。

「これが水没した村だと思う。ぼくたちが木を切りたおしたところだ」

「そうなの？」

ステラが、信じられないというようすでいった。ベンはしんけんな灰色の目でうなずいた。

ステラは持っている小枝をひっくりかえした。

「カペッリ氏、これをそこに植えられると思う？　フィルバート氏が住んでいた場所に？」

ベンは地図を指でたどる。

「あまり遠くないよ。この小道をおぼえてる。見えないような小道だけど、地図があれば、また行けると思う」

カペッリ氏は地図と、ゆっくりとしずんでいく太陽を見た。

「イエス、イエス。時間があれば、世界一すばらしいことだ」

ステラは小枝と銀のびんをコートのポケットに入れ、しんちょうにボタンをとめた。

馬車は沼地を進む。そこここに岩が露出し、寒々とした木が見える。沼の上の低い丘が島のように見える。

ベンは地図に指をおいて、沼地に目をこらしている。道の上を霧がただよっている。灰色の霧で、地平線が見えない。ベンがいった。

「もうすぐだと思う」

そして、数分後、

「あそこだ」

と指さした。道から、かすかにわかるていどの小道がクネクネとのびて霧の中に消えている。小道はまがりくねり、草ぼうぼうで、半分沼地にうもれている。

カペッリ氏がうたがうように聞いた。

「たしかかい？　もし道にまよったら、世界一ひどいことになる」

「ぜったいたしか」

ベンはいった。

「ぼく、おぼえてるから」

カペッリ氏はちらっとベンを見てうなずき、手綱(たづな)をふって箱馬車の向きを変えた。馬車は堤防(ていぼう)をおりていく。でこぼこで、ぬかるんだ小道がまがりくねっている。水たまりを通ったとき馬車がかたむいたので、ステラは思わずブーツを足台におしつけた。

海から霧が運ばれてくる。風は潮(しお)のかおりがする。馬車はゆっくりと進み、発育の悪い木のかたまっている場所を通(とお)り過(す)ぎた。葉のない枝が霧のかかった空にのび、まるでにじんだインクでかいた絵のように霧にとけこんでいる。

ステラは、ポリーに聞いたおそろしい話を思い出した。四頭だての馬車が沼地で深みにはまり、飲みこまれて、二度と姿(すがた)をあらわさなかった話を。

とても寒かった。ステラは毛布(もうふ)をかきよせる。馬車は道からどんどん遠ざかり、霧の中に入っていった。

27

小枝を植える

　馬車は沼地をガタガタと進む。小道は低い丘をまわりこみ、背の高いアシのしげみをぬけ、あさい泥だらけの水たまりがたくさんある場所を通る。霧がただよっているので、遠くが見通せない。小道が消えてしまったように思えるところもあり、カペッツリ氏は馬のスピードを落とし、また小道が見つかるまでアシのしげみをソロソロと進む。うずまく霧の中に正体不明の影があらわれては、消える。重なった石がコケでおおわれていた。落ちた枝に、白やオレンジや黄色のコケやキノコが生えている。葉の落ちたねじれた木に、ツタやヤドリギがからまっている。

　ブーンという音が沼地にこだました。

「あれ、何？」

　ガートがささやいた。

「タラブーゾだ」

　カペッツリ氏が安心させるようにいった。

「英語ではビターン（サンカノゴイ）だな。ただの鳥だよ」

「ここ、ほんとに不気味だよ」

ガートの声が少しふるえている。

「もうそんなに遠くないよ」

ベンがいった。

コケの生えた壁が少し続き、くずれて水没していた。家が半分沼にしずみ、コケやツタでおおわれていた。その先にがれきがあり、また家があった。窓が黒くぽかんとあき、窓枠に小さなシダが生えている。先にはさらに数軒の家があった。土台をコケがおおっているだけの家もある。

霧の中から、廃墟となった教会の塔があらわれた。教会の中に木が生えている。窓や屋根の穴から枝がつき出ている。教会の前庭には、たおれた墓石にまじって天使の石像が横たわり、そこにもコケが生えている。いたるところがシダでおおわれている。古いヒイラギやイチイの木がからみあい、それにツタがからみついている。

「ぼく、ここをおぼえてる」

ベンがささやいた。

「ここから歩いたんだ」

カペッツリ氏は舌を鳴らして馬に合図し、馬車を止めた。小道の横に、くずれた家がならんでいる。先の方にある家は霧の中で形が不明瞭だ。とても静かで、とても寒い。

ステラは、静けさの中に、聞くことのできない声がただよっている気がした。ふりむいてみるが、

村は静かで動かない。暗い、
空っぽの窓がステラを見つめかえす。

みんな馬車からおりた。地面は泥だらけで、
ブーツに水がしみこむ。ステラは肩にかけた毛布を引きよせる。
カペッツリ氏は馬やネコたちに話しかけ、馬車の窓を閉めた。

「こっちだよ」

ベンは水没した村を、先に立って進む。

ステラは、草むらとか、かたまってコケが生えているところとか、いくらかでも足もとのいいところを歩こうとしたが、あっと思うと黒い泥水にブーツが入ってしまう。足をぬこうとするとブニュッといういやな音がして、ひびきわたった。ガートがふきだし、あわてて口を手でおおった。

ベンは、教会の前庭を通り過ぎ、二軒の家の間にある両側にシダが生いしげった小道を通り、村のはずれまで行った。沼に沈んだ水車のそばを通り過ぎる。水車の車輪はゆがんでくさり、ぬめっとしたものがたれさがっている。よどんだ緑色の沼に、水がゆっくりと落ちている。イバラのやぶや、低い丘にくっつくように生えているねじれた木々を通り過ぎた。コケの生えた石段があった。それをのぼると、くずれた石壁があり、アーチの下をくぐると、草ぼうぼうの庭に出た。割れた敷石の間に厚くコケが生えて、木と木の間にツタがからまっている。

とても静かだ。

ベンは、ヒイラギとツタのしげみの間に分け入る。ステラ、ガート、カペッリ氏もおずおずとついていく。空地につくと、黒く口をあけた穴のところで足を止めた。古い木が切りたおされ、ねじれた根がさかさになっている。コケむした枝はこぶだらけで、ねじれて、折れている。風がないのに、ほんの少し残っているかれ葉が、かすかにささやくような音を出す。

ステラはなみだぐんでいた。木に手をのせると、皮はすべすべだった。

ベンが悲しそうに木にさわった。

「あの晩、ここは、おそろしかった」

ベンのコートのえりの下にいるシャドーが小さく鳴いた。

ステラは暗やみの中の水没した村を想像してみた。教授と手下たちはランタンの明かりでこの木を切りたおし、根をほりおこした。そして、長い眠りからさまされたフィルバート氏が、たおされた木の中からあらわれ、小さなびんを持って逃げた。びんを守るために。

ステラは胸に冷たい痛みを感じた。木はここに立っていたのにちがいない。長い年月、小さな村の丘に。村人たちは秘密をこの木にゆだねた。だが、村は水没して見捨てられた。そして木は年を取り、とても大きくなり、死んでしまった。

ステラはなみだをこらえ、空地を見まわす。大きな石のかげにコケが密生している。しゃがんで、指で地面をほる。黒土はやわらかかったので、穴をほるのに時間がかからなかった。ポケットから小さなびんを出すと、穴に入れ、土をかぶせた。

それから、その上にあのハシバミの小枝をさし、土でおしかためた。この小枝は木に育ち、秘密を守ってくれるだろう。そうすれば、銀のびんは安全だ。

ステラは立ちあがって、そでで目をこすった。

ガートがうなずいた。

「これでいいよ」

「イエス」

カペッリ氏もいって十字を切り、頭をたれた。

「さよなら、フィルバート氏」

ステラはささやいた。

ベンはシャドーをだいて、何かつぶやいた。

四人はしばらくだまって立っていた。それから、切りたおされた木に背を向け、アーチ型の入り口をぬけ、丘をおりて、だれもいない村にもどった。

教会についたとき、霧の晴れ間から、弱い日の光がさしてきた。コケや、くるりと先が丸まったシダをてらし、小さな水滴のひとつひとつがキラキラとかがやいた。水没した村はまるでダイヤモンドをちりばめたように、かがやく。とても美しかった。

ステラはまた声が聞こえるような気がした。今度は笑い声や歌声だ。耳には聞こえず、手はとどかない声だ。ステラは息を止めた。少しの間、村はかがやき、音のない音楽がうずまく。それから、また霧が立ちこめ、水没した家々が見えなくなった。

ステラはもう一度息をした。

「すごい」

ガートがいった。

「魔法みたいだった」

「グラン・ディオ（なんてことだ）」

カペッリ氏がささやいた。

ベンはステラに笑顔を向けたが、何もいわなかった。

教会の向こうの霧の中に、陽気な赤と青と金の箱馬車が見える。ネコたちがお帰りなさいというように鳴き、シャドーが返事をする。

カペッリ氏は馬の首をなで、馬車に乗ると、手綱を取った。

「さあ、家に帰ろう」

28

家に帰ろう

ステラたちは問題なく道にもどれた。しとしと雨がふり、暗くなっていくなか、馬車はウイザリング・バイ・シーに向かって進む。カペッリ氏は鼻歌をうたい、馬車の中でネコたちもうたっている。シャドーはときどき、耳をつんざくような鳴き声をあげる。ステラは毛布にくるまってガートとベンの間にすわり、あたたかくて安全で――泥だらけだ。

雨がはげしくなってきたので、ベンはしぶしぶ地図帳を閉じた。そのとき、何かがひらりと落ちた。ステラは足おき台に落ちたそれをひろう。写真のことをわすれていた。ぬれて、海水でしみができているが、まだはっきり見える。

「それ何？」

ガートが聞いた。

「これが見つけた写真なの。どう思う？　わたしだと思う？」

ステラが写真をわたすと、ガートは首をかしげながら見る。

「そうかもしれない。同じ目をしてる。でも、二人いるね。ふたごみたい。この人、ほんとにあんたの母ちゃんだと思う？」

「わからない」

ステラはいった。

「おばさんたちに聞きな。何か奇妙なことがあるね。何か秘密が」

ステラは秘密が胸の中にひそんでいるところを心にえがいた。暗やみの中で丸まったり、開いたりしているところを。写真にうつっている三人の顔を見ると、三人も目を見開いてステラを見つめかえす。あの島にいたときの不思議な瞬間がよみがえった。体がうすくなって消えてしまった感じがして、教授の手がステラの体を通過したときのことを。

まるで、霧の中に埋没したような感覚だった。たしかに自分はいなくなったのだ。

ステラは深呼吸していった。

「島でのこと、おぼえている？　教授とのこと？　つまり――あれを、見た――？」

ステラは言葉を切った。聞くことはできない。わたしが消えたのを見た？　なんて。けれど、ステラは知りたかった。

「ぼく、きみがフェイだって知ってた」

ベンはステラを見てうなずいた。

「初めて会ったときから」

「じゃあ、わたし、やっぱりそうだったのね――」

ベンはまたうなずいた。

「うん。きみはあそこにいるようだったけど、いなかった」

「わたしが見えなかったの？」

「うん。ほんの一、二秒だけど。でも、ぼくはきみがあそこにいるのを知ってた。腕をつかむと、見えるようになった」

「不思議な感覚だわ」

ステラはいった。

「あれが初めて？」

ベンが聞いた。

「もちろん」

とステラはうなずいたが、同時にエイダやおばさんたちからかくれていたことを思い出した。いつでもかくれんぼが上手だった。見つからないのだ。温室での夜のことも思い出した。教授の手下たちからかくれていたときのことだ。スカトラーたちに見つかると思ったのに、見つからなかった。まるで、ステラが暗やみの一部になったかのように。

「たぶん」

ステラは考えながらいった。コンドレンスおばさんにいわれたことが頭をよぎる。はじさらしです。かたわれだけだとしても——といっておばさんは言葉を切った。かたわれって何？　あの子はだれ？　おばさんたちは知っているが、ステラに教えたくないのだ。ステラはもう一度写真を見ると、ポケットに入れて、ボタンをはめた。

「わたし、見つけるわ。おばさんたちが教えてくれなかったら、ほかの方法を探す」

ガートがうなずいた。

「そうだよ。そうしなよ」

ウイザリング・バイ・シーについたときは夕暮れで、雨の中でザ・フロントの街灯が明るかった。栈橋では蒸気オルガンが演奏され、メリーゴーラウンドがまわりながらかがやいていた。

ザ・フロントを進んでいく箱馬車に小さな男の子がかけよってきて、かん高い声でいった。

「ガートだ！　ガートだ！　マク夫人！　マク夫人！」

そういって腕をふりまわし、さけびながら栈橋にかけていった。ずっと向こうのザ・フロントで、だれかが顔をあげ、指さして、何かさけんだ。栈橋では、一人の男が手をふって、劇場にかけていく。

箱馬車が桟橋につくと、子どもたちがとびはね、さけんだり笑ったりしながらまわりに集まってきた。カペッリ氏が馬に合図すると、馬車はガタンとゆれて回転式木戸の近くで止まった。四人は急いでおりる。

キラキラした衣装を着た妖精の少女たちが回転式木戸からかけだしてきて、人ごみをかきわけてくる。少女たちはガートをとりかこみ、だきしめ、とびはねた。

「もどってきたね！」

「どこに行ってたの？」

「何があったの？」

「マク夫人が、とりみだしてたよ」

少女たちは、さらにガートをだきしめ、笑い、クルクルまわした。

「警察が来たんだ」

「みんなが心配したんだよ」

「ひと晩じゅう、起きてたんだから」

大柄な女が、大さわぎしている少女たちをかきわけてやってきて、ガートをぎゅっとだきしめた。それからガートの体をおさえたまま、一歩さがって、ガートを見つめ、はげしくゆさぶると、またしめた。

「どこに行っていたの？　死ぬほど心配させて」

「教授にさらわれたの、マク夫人。カペッリ氏がつれかえってくれたんだよ」

マクタガティ夫人はもう一度ガートをだきしめると、ふりむいて、今度はおどろいているカペッリ氏をだきしめた。

「ありがとう」

なみだがぼろぼろこぼれる。

「ガートをつれもどしてくれて、ありがとう」

「とんでもない、マダム」

カペッリ氏はやっと息をつぐと、帽子をなおした。

「なんでもありません」

マクタガティ夫人はもう一度だきしめ、カペッリ氏の息をつまらせた。それからステラとベンをだきしめた。シャドーがヤマアラシのように体をふくらませ、おこった声をあげた。夫人はまたカペッリ氏をだきしめた。

「ありがとう」

夫人はレースのふちどりのついたハンカチで目をふき、鼻をかんだ。

みんながいっせいに話しだす。くるりとまがった口ひげの背の高い男が外国語で何かいうと、腕に入れ墨をした女が、男の肩をたたいて笑った。だれかがステラの背中をたたいた。二人の妖精（エティと、メアリーの一人だとステラは思った）がステラの手をふりまわした。ガートと、ほかに二、三人の少女も来て、息が切れて笑いだすまで、手をつないで、クルクルまわった。

ガートはステラをだいた。

「帰ってこられると思わなかったよ。塔に閉じこめられたとき、もうおしまいだと思った。それに、ぜったいに海でおぼれると思った。もどれてよかった」

ガートはニコニコしながら、またステラをだいた。

カペッツリ氏がいった。

「ステラ・モンゴメリー。わたしたちは行かなければならない。あんたのおばさんたちは、世界一心配しているだろう。それに警察はまだあんたを探している。時間をむだにできない。わたしはあんたを家まで送らなければならない」

「ありがとう、カペッツリ氏」

ガートが握手をした。それから、ベンをさっとだいた。

「また会おうね、ベン」

ガートはもう一度ステラをぎゅっとだきしめた。

「さよなら、ステラ。幸運を祈るね」

「さよなら、ガート」

ステラは泣くまいと、くちびるをかんだ。そして、ガートに背を向け、箱馬車によじのぼり、ベンの横にすわった。

「さよなら、さよなら」

ガートと妖精たちはさけび、手をふり、とびはねる。マクタガティ夫人はまた目をふいて、ハンカチをふった。

ステラはのどにできたかたまりをのみこみ、できるだけ笑顔で、手をふった。

カペッリ氏が馬に合図して手綱をふると、馬車が動きはじめた。ザ・フロントを進む。桟橋や音楽や喜んでいる人たちから遠ざかり、遊園地や数軒の小さなホテルを通り過ぎ、マジェスティック・ホテルのある丘をのぼりはじめた。

ステラはホテルを見あげた。どの窓にも明かりがともっていて巨大なランタンのようだ。ホテルの車寄せでカペッリ氏は馬車を止めた。ステラは深呼吸する。家についた。なみだが出てきたので、まばたきした。

「さよなら、カペッリ氏」

ぎゅっとだきしめる。

「何もかもありがとう」

「さようなら、ステラ・モンゴメリー。幸運を祈るよ」

ステラは窓から体を入れて、ネコたち一ぴきずつにおわかれをいった。

それからベンに顔を向けた。

「さよなら。幸運を祈るね」

といって、シャドーの頭をなでた。

「さよなら、シャドー」

シャドーはのどを鳴らし、ステラの指にあごをおしつけた。

「さよなら、ステラ」

ベンがいった。

ステラは地図帳をだきしめると、ベンにさしだした。

「はい。あげる」

ベンはおどろいた顔をした。宝物のように、しんちょうに受け取る。

「ほんと?　いらないの?」

「暗記しているから、もういらないわ」

ステラは馬車からおり、ベンを見あげた。

「ベンに持っていてほしいの。きっと必要になるから。これから、世界を見るんだもの」

ステラはさよならと手をふった。

「わたしはわたしで、自分がだれなのかを見つけるわ」

ホテルの中から音がもれてくる。とどろくような声と、鳥がさえずるような声。たぶん、ディリヴァランスおばさんがテンペランスおばさんをどなっているのだ。コンドレンスおばさんの特別製のコルセットがきしむ音も聞こえる。

ステラはしばらく入るのをためらった。

最後にもう一度手をふる。

それから背を向けて、ホテルの玄関前の階段をのぼっていった。

訳者あとがき

『海辺の町の怪事件』、いかがでしたか？　お話もおもしろいけれど、イラストもかわいかったでしょ？　これは、作者のジュディス・ロッセルさんみずからがかいたイラストなのですよ。ロッセルさんは、イラストレーターでもあり、これまでに、たくさんの物語のさし絵や絵本を手がけています。

イラストと装丁があまりにもかわいくて、英語版の原書を新品のまま取っておきたくなりました。そっとページをあけながら訳していたのですが、やっぱり、最後には、翻訳に必要なメモ書きの付箋だらけになって、とても新品には見えない状態になってしまいました。

さて、本書の舞台はヴィクトリア朝のイギリスです。

ヴィクトリア朝とは、ヴィクトリア女王がイギリスを統治していた一八三七年から一九〇一年までをさします。（何年女王の座にいたでしょう？　さあ、計算しましょう。）

現在のイギリスも、エリザベス二世が女王ですから、イギリスは女性の国王、女王が活躍してきた国なのですね。

　ヴィクトリア朝は、産業革命により経済が発展した活気のある時代だったようです。日本でいえば、明治の文明開化のように、新しいものが続々と登場した時代だったのでしょう。本書に出てくる、自転車の先祖のような二輪車（ベロシペード）、エレベーター、ガス灯、メリーゴーラウンド、蒸気船などは、当時としては時代の先端を行くもので、まだまだ目新しかったことでしょう。

　この時代、女性はドレスの下に、木やクジラの骨を材料にしたコルセットをつけていました。（本書でも、コンドレンスおばさんのコルセットが大きな音を立てる場面がありましたね。）おまけに、背中にずらりとならんだボタン。はめるのがどんなに大変だったことか！　ファスナーの発明は十九世紀末だそうですから、それが普及するまではたくさんのボタンをはめなければならなかったようです。メイドのエイダが、ステラの服の着がえをめんどうに思うのも無理はありません！

　桟橋の劇場でもよおされるマジックショーやアクロバットなどにも、当時の雰囲気がよく出ていますね。六十一ページの「アビシニア種のネコ」は、一八六八年のイギリスとエチオピア（当時の国名はアビシニア）の戦争の際、兵士がイギリスに持ちかえったという説があり、当時としてはめずらしい動物だったようです。

私の経験ですが、イギリス人の友人宅に、アフタヌーンティーに招待されたとき、

「これは祖母が使っていたヴィクトリア時代のものなのよ」

というナイフとフォークを出されたことがあります。今考えると、百年以上も前の物だったのですね。昔からつたわる品が、大切に使われていることがよくわかりました。

さて、本書の終わりで、ステラは自分の「秘密」に気づきますが、二巻では、いよいよ、写真にうつっていたお屋敷ワームウッド・マイアに帰ることになります。

そこで、さらなる事件が起き、なぞが深まり、ステラの秘密も少しずつわかってきます。

お楽しみに！

日当陽子

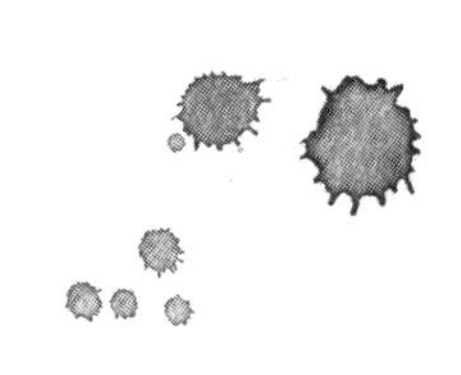

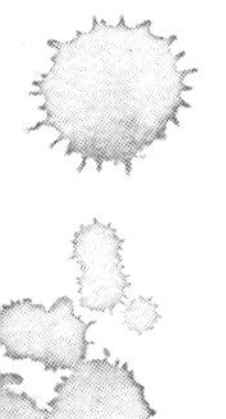

ジュディス・ロッセル Judith Rossell
児童書の作家、イラストレーター。いくつかの職業についたあと、本の仕事に専念し、これまでに、十三作の物語を発表している。さし絵、絵本の仕事は八十冊をこえる。オーストラリアのメルボルンにネコとともに暮らしている。日本で紹介されている作品に『ルビーとレナードのひ・み・つ』(PHP研究所)、『名探偵スティルトン ぬすまれた財宝をさがせ!』(新風社)などがある。

日当陽子 Yoko Hinata
翻訳家。子どもたちが読みたいと思う本を紹介したくて翻訳の仕事を始める。おもな訳書に『耳の聞こえない子がわたります』、「魔女の本棚」シリーズ(フレーベル館)、「リトル・プリンセス」シリーズ(ポプラ社)、『6この点―点字を発明したルイ・ブライユのおはなし―』(岩崎書店)、『ひみつの花園』(学研プラス)、『ハリーとしわくちゃ団』(評論社)などがある。

ステラ・モンゴメリーの冒険1―海辺の町の怪事件―
2018年12月20日 初版発行

著　者 ジュディス・ロッセル
訳　者 日当陽子
発行者 竹下晴信
発行所 株式会社評論社
〒162-0815 東京都新宿区筑土八幡町2-21
電話 営業03-3260-9409
編集03-3260-9403
印刷所 中央精版印刷株式会社
製本所 中央精版印刷株式会社

ISBN978-4-566-02460-1 NDC933 p.288 197㎜×128㎜
http://www.hyoronsha.co.jp